A × B + C → story

# 編劇魂

Evolution of a Screenwriter in the Period of Taiwanese New Wave Cinema

小野

PART 2

# 編劇的六種科學方法 081

# 導言 我們都是天生的編劇

1

我很喜歡寫劇本。尤其是在深夜，彷彿和自己的靈魂在對話。

我很喜歡寫劇本。因為年輕時寫劇本，好像在預告自己未來的人生。年紀再大一點時寫劇本，好像在回味自己的人生。

我很喜歡寫劇本。因為你可以在劇本中偷偷放進許多隱私的、不可告人、難以啟齒的祕密，然後理直氣壯地公開表示那是別人的、虛構的人生，不關我的事。

我很喜歡寫劇本。當劇本被拍成了電影在戲院公開放映時，你可以躲在觀眾群中冷靜地像上帝，知道底下要發生的每件事情和每句對白。當然，你也可以假裝什麼都不知道，然後跟著大家哭，跟著大家笑。而且你可能哭得最淋漓，笑得最大聲。

我很喜歡寫劇本。因為寫劇本和寫小說或散文最不一樣的地方便是學習溝通。要接受其他人的意見和不斷的討論，那是一種和別人連結的不錯方式。因為在一次又一次的討論中，別人也會輕易地把自己生命經驗中最深刻的、最精采的內容傾倒而出，「嘩啦嘩啦」地像是珍珠寶貝散落一地，你隨手撿起來，立刻可以充實你原來思慮不夠周密的劇本。或許是我本身的生命特質就是喜歡和不同的人接觸、交換彼此的人生經驗或發現。最後我在要成為科學家和劇作家之間，挑選了後者。許多年之後才發現，其實在某種意義上，劇作家和科學家是在做同一件事情，他們都在進行某種和生命相關的探索，找到方法。這正是我決定要完成這本書的最大動機。

## 2

我是一個燃點很低的人，只要別人點了一根火柴，我就可以變成燎原的野火。這種人其實很危險，對自己，或是對別人。我很幸運在人生中，一直遇到可以讓我在創作領域上一直燃燒的人，否則我這樣旺盛的精力，可能會用在其他浪費生命的事情上。（其實也不見得是浪費，像是吃喝玩樂。）

有人曾經這樣描述「創作」：年少時適合寫詩，因為對世界充滿想像。青年時寫散文較好，因為對人生開始有點感觸。中年之後可以寫小說了，因為人生終於有些故事。有些年紀後，動手寫劇本是不錯的娛樂，因為可以在過程中，重新發現自己遺忘的、遺漏的東西。偏偏我在二十七歲之前，已經完成了這四類創作的作品，小說暢銷，電影賣座，還得了一些獎。回想起來，這其實是一個悲劇的開始，因為當時我對創作這件事一無所知，人生經歷也貧乏如白紙。我不知道為什麼可以如此順利。

但是二十九歲之後的八年生命，真的就像是一個傳奇故事了。在中央電影公司，我陸續遇到了一些天才型的編劇和導演，和一堆正要燃燒熱情的電影人。八年來他們天天坐在我的對面，天天到家裡來煩我，天天談的都是劇本，當然也會發些牢騷，傾吐祕密。當一起得獎時在臺上相互擁抱流下眼淚，當發現戲院門口人山人海地排隊時，大家欣喜若狂回家發現家門已經被鎖上。燃點很低的我，當然也就把自己燒成了一堆灰燼。其實和那麼多的天才在一起工作和生活，並不是什麼幸福的事。因為和天才在一起，學不到什麼東西，他們的創作過程渾然天成，看不到什麼具體技巧，更糟糕的是，還會越來越自卑。

三十七歲那年，已經被燒毀如焦屍的我，扛著一大袋自己寫的企劃書、行銷計畫、票房紀錄和劇本回家，告訴自己暫時安靜下來，把這些難得的經驗寫成一本「工具書」。

事實上我很快又被其他的火柴點燃，把一棵一棵的大樹，燒成森林大火。而一本工具書的構想，一放就過了三十年。趁著自己還有些熱情，奮力從那些曾經光芒四射的灰燼中搶救回一些寶物，留在人間。

然後，我開始寫詩，對未來充滿想像，人生才剛剛開始，順便完成了這本書的第一章，那正是在灰燼中撿拾一些已然被世人遺忘的寶物的過程。

## 3

我是一個非常矛盾的人。對於別人建立好的規定極不耐煩，可是又常常想找到一個人生可以依循的座標，才覺得有安全感。可是一旦找到了自以為是的座標，又很想推翻它。所以對我而言，要替電影編劇找到一套可以教授的方法，是不太可能的。雖然市面上已經有了很多像是教材一樣的書，但是我覺得會被這些「方法」限制，反而變得綁手綁腳的。

可是在我自己編劇的過程中，卻不斷地冒出一些自創的「方法」，而這些方法卻是一些科學方法。所謂的科學方法不是像電腦運算那樣，只要輸入一些想要的題材，電腦會告訴你如何安排人物和情節。我所謂的科學方法，只是從科學知識中找到一個最接近劇本創作的思考及運作方式，所以最後仍然是要依靠人腦。這些方法是在過去很長一段時間像是靈感一樣忽然跳出來，本身也像是另一種創作。

終於到了適當的時機，我想把這些科學方法公開。在公開之前，這些年我也陸續在一些大學的編劇工作坊或是現在的影視音實驗教育機構中，試著告訴我的學生，像是找到一種新藥，做人體實驗，效果不錯，我也開始有點信心了。

不過，會想到用科學方法來解釋劇本的創作雖然是很自然的事，但是多少也彌補了我在三十歲前放棄所有科學研究的一點點遺憾。

其實人本來就是矛盾的，所以才能把這些矛盾寫成劇本。花了四十年的時間，我正式公開了我的六個科學方法，放在本書的第二部分。

4

我是一個不知足的人。常常教別人要「知足常樂」、「懂得感恩」，其實是在提醒自己要安分守己。我承認自己很貪心，也不切實際。小時候的夢想一大堆，覺得有幸能活在人間，想要當運動員、歌唱家、科學家、童話家、詩人，所以也試圖踏出第一步，參加運動比賽、歌唱比賽、投稿各種徵文。

歌唱比賽走音沒有通過初選，三千公尺長跑前兩圈都是最後一名，憑著意志力咬緊牙根一個一個人趕上。只有徵文投稿屢投屢中，不管主題是慶祝蔣公誕辰、學佛心得，或是救國團充滿勵志陽光的徵文，到後來在報章雜誌上發表作品，其實在那一刻，我的人生已經有了答案，只是我不肯面對而已。我朝著一條最不適合自己的方向學習前進，出國攻讀分子生物學，最大的收穫便是決定回到自己最擅長的文字表達能力，放棄科學，走向未知但快樂的創作之路。

當走上最擅長的道路，加上意志力和幸運，終於能夠享受創作之樂。從寫小說到寫電影劇本，再進入了兩家電視公司上班，慢慢地摸索到文學和電影之間的曖昧關係。這一路上我扮演過三種角色：我的小說和童話被別人改編成電影、電視劇和舞臺劇。我也親自改編過許多作家的文學作品，有著截然不同風格的黃春明、子于或是張曼娟等。

另外我還扮演和作家們面談購買版權的角色，他們因為我也是作家，所以非常信任我，例如黃春明、七等生、蕭麗紅、蘇偉貞、張曼娟等，通常我會提醒對方，電影劇本可能會是另外一件不同的作品。我在電視臺時，更大力推動文學作品改編成迷你連續劇，像是杜修蘭的《逆女》和王禎和的一系列作品。

我不斷把文學作品引進電影和電視，除了想讓更多人藉由大眾傳播媒體認識文學作品外，更貪心地希望能因此促進臺灣的文化創意產業。對我而言，浸淫在大量的文學改編成電影的寶貴經驗中，終於也發現到一些奇妙的東西，一些過去不曾思考過的問題。於是我決定把這些「發現」寫出來和大家分享。同時也覺得用小說改編成電影劇本，是給初學者最好的方法之一。

有時候「不知足」或是「野心勃勃」並不完全是壞事，當「不切實際」的想法付諸行動時，才真是浪漫。人的生命中擁有對文學的想像和電影的創造，就再也沒有什麼可遺憾的事了，這是我在第三部分想要表達的。讀一本好小說，看一部好電影，如果能夠找到改編的方式，你距離「寫劇本」又更接近了一些。試試看，相信你一定可以的。

# 我就這樣
# 開始寫劇本

劇本是如何誕生，又是如何長大的？

不要被現有的類型限制

故事大綱可以是五萬字，也可以是五百字

用「校園電影」學習分場大綱

用「成長電影」學習劇本結構

範例一 ·《早安，臺北》故事大綱

範例二 ·《擎天鳩》小說第四節與《成功嶺上》劇本第三十一至三十四場

# 劇本是如何誕生，又是如何長大的？

「任何事物如果掉入了一成不變的規則中，注定會走向死亡。」

**片單便利貼**

Taipei Story
青梅竹馬
**導演**·楊德昌 **編劇**·朱天文、侯孝賢
**發行**·1985

Terrorizers
恐怖分子
**導演**·楊德昌 **編劇**·小野、楊德昌
**發行**·1986

A Brighter Summer Day
牯嶺街少年殺人事件
**導演**·楊德昌
**編劇**·楊德昌、楊順清、閻鴻亞、賴銘堂
**發行**·1991

在一次由臺北電影委員會主辦的臺北電影學院系列講座中，我正式公開了一份文件，那是我替楊德昌導演寫的《牯嶺街少年殺人事件》分場大綱初稿。在這個版本中，只有大約二十個人物和六十四場。五年後，真正和世人見面的那個最終版本是兩百個人物和兩百多場。一個原本只想拍成九十分鐘長度的「青春校園愛情片」到底是如何發展成為四小時的大時代史詩巨作的呢？這正是我最想和大家分享的經驗。

對我而言，任何存在於世上的事物都應該是有機的，相互影響的。不只創作本身，連公司的組織管理都應如此。所以我喜歡用「誕生」和「長大」這樣的字眼來描述任何事物。任何事物如果掉入了一成不變的規則中，注定會漸漸失去了有機生命，走向萎縮和死亡。因此，我排斥用同一套「理論」來解釋創作，那會不知不覺縮限了想像力和創造力。楊德昌導演曾經說，他原本想在美國南加大學習電影，但是在聽了一些關於剪接和編劇的理論課之後，他知道那並不是他要的。他不認為電影只有那樣，他說電影其實比較像是建築設計，要搭建出一個空間，讓所有人、事、物發生在那個空間裡面。

楊德昌的說法和我的想法不謀而合。

在我和楊德昌合作籌備拍攝電影《恐怖分子》期間，他曾經想說服我暫停這個不夠成熟的計畫，改拍《牯嶺街少年殺人事件》。他的理由是，他在內心醞釀這個故事非常久了，那是他最想拍的電影之一，因為是他自己的成長經驗。他寫了一封很長的告白信給我，信上非常誠懇而熱情地告訴我，大家都誤會他拍電影拖拖拉拉，其實是因為拍片環境太差，無法給予導演起碼的配合。他要用最快的速度完成一部非常簡單的青春愛情電影，證明他是「快手阿德」，是被誤會的導演。於是我們就試著用「最快的速度」，開始進行《牯嶺街少年殺人事件》的前期工作。剛開始這個計畫名稱是「南門少年」。

這個故事的最初靈感，來自一則發生在民國五十年六月十五日晚上的凶殺案，當時的新聞報導標題是「年僅十五歲莠苗實堪哀／太保學生殺死女友／璧玉幫惡少七刀夜飛血／母守寡十三年得訊悲痛自殺」、「劣子難教誨／欲背離父親／其父得訊連說該死／肉麻情書膽大妄為」。這樣的標題提供了創作者簡單概念：「被殺少女在兩歲時失去了父親，少年凶手和父親的關係很差。」但是另一則新聞卻給了創作者更多想像空間：「民國四十一年本省少年犯罪案件有千餘起，之後年復一年增加，至民國四十九年，已超過八千件，成長百分之八百。」於是我在故事大綱中加了這樣一段話：「而那些少年，其實都是未成熟的，當他們犯了案之後被捕時的那種驚悸、恐慌、無助、徬徨，使我們相信這些事實的背後有值得研究的事，因為他們並非窮凶極惡之人。」

「他們並非窮凶極惡之人」和「少年犯罪案件在八年間成長八倍」這兩個重要訊息，成為我們繼續發展故事的關鍵，在故事的發展過程，必定不斷的投射創作者自身成長的經驗，我們得到了清楚的「共識」：那就是個人的暴力往往源自於國家、社會集體的暴力，少年犯罪成長八倍不是因為社會太自由民主，而是社會籠罩在軍事戒嚴、白色恐怖的氛圍中。而學校扮演的正是國家暴力的縮影，充滿控制、管教的肅殺氣氛。如果用幾個重要事件來反應故事發生時的背景：民眾攻擊美國大使館的劉自然事件、兩岸決定性的一場八二三炮戰、臺灣早年的異議知識分子雷震、殷海光、李敖、柏楊等分別遭到不同程度的迫害。

◆

在編劇過程中，「討論」是最重要的，也是最有趣的，尤其對有許多心理和情緒障礙如我者，簡直得到了免費心理治療的機會。楊德昌在討論劇本時語言不多，他說他習慣用英語思考，轉成國語會結結巴巴。所以他會要求編劇不斷地說出自己的經驗和想法，而他腦袋裡已經有了大概的方向和隱約的結構，其實要的只是編劇提供讓他可以擺放在原本結構中正確位置的內容，我的成長和中學經驗終於在這次故事討論中得以完全宣洩。成績一向很好也當過模範生的我，在高中聯考時考上成功高中夜間部，絕望的爸爸對我下跪痛哭認為世界末日到了。

我讀高二時因為被老師誤會，而遭到老師瘋狂痛毆並且揚言要開除我，爸爸不但不敢抗議，反而要我向老師下跪，被我拒絕。高一遇到一個來自特權階級的同學，我們成為死黨之後，我看到社會階級中我最陌生的部分，同學爸爸常常一通電話警察局立即放人。我有許多在白色恐怖中被槍斃或判無期徒刑的親戚，親眼見到媽媽拿著他們在監獄中寫下的血書到處陳情。我爸爸是個一輩子都在職務上無法升遷的小公務員，有過喝酒之後拿菜刀要去殺長官的衝動。這樣扭曲的成長經驗形塑了一個內心極度缺乏安全感、壓抑而憤怒，天天立志要改變世界的無力又無奈的少年，我覺得自己正是這個故事中的少年，我只是運氣比較好，把想殺人的焦慮情緒轉換成不停地創作。

記憶中，楊德昌在聽我說這些悲傷故事時很平靜，他總是讓情緒藏在墨鏡後面，腦袋則像電腦一樣運作著：父子關係、白色恐怖、特權階級、校園暴力，他的臉部略略抽動，最後微笑了起來，像是在安慰我。他很少透露自己的成長經驗，他有強烈的焦慮和不安全感，表面的冷漠掩飾著內心擺不平的波濤洶湧。他只能把內心真正的感受透過電影來表達，所以我判斷他也很想殺人。

從《青梅竹馬》開始到《恐怖分子》，再到《牯嶺街少年殺人事件》，被殺的人數暴增，最後演變成大屠殺。大我四歲的楊德昌初中考上建國中學夜間部，後來插班到日間部，高中也直接考上了建國中學日間部。據他說在學校的成績中等，喜歡畫漫畫。影響他最深最多的青少年生活，幾乎都環繞在臺北市南海路的建國中學附近，也就是臺北城南，包括植物園、南海路、重慶南路、牯嶺街、南昌街、福州街、泉州街、同安街、廈門街等。他的生活地圖和我完全相同，我們都是「城南少年」。

日治時代拆除清朝建起來的臺北城，主要公家機構都建在城內，許多公家單位的宿舍全都集中在城南，所以有一種濃濃的文教區氣氛。日本戰敗之後，那些擁有許多書籍日本公教人員，就把帶不走的書擺在牯嶺街便宜販售，國民政府接收了臺灣之後，這條街就繼續發展成為販售舊書的街道。國民政府基於要反攻復國遙想中國的信念，把城南所有的街道都用中國南方的地名成為街道名，小小的臺北城南卻承載著大大的中國南方道統，這就是戰後嬰兒潮世代從出生就認為自己是中國人的部分原因吧。對於這樣的成長經驗，楊德昌的心情應該是愛恨交加，濃濃的緬懷、深深的眷戀，卻又毫不留情地反抗和批判。或許這也是後來楊德昌無法只用「青春校園愛情片」來證明他是「快手阿德」的原因吧。

在這個劇本不斷長大的過程，我清楚看到了「田野調查」、「故事選擇」、「人物關係」、「情緒節奏」、「情節發展」、「劇本結構」如何使劇本逐漸長大成熟。

可惜我並沒有參與到最後，劇本在歷經五年後，已發展到完全超乎我的想像，但是我和楊德昌共同的「夜間部」經驗，卻一直是這部電影最重要的暗黑靈魂。那代表了和光明相對立的黑暗，這樣的光明和黑色的對立意象，一直貫穿了整部電影的象徵和構圖，成為楊德昌後來在構思整部電影色調、燈光時許多的神來之筆。我在戲院裡看到的電影最終版本中，那隻張震手中的手電筒，成為電影的真正主角，這是在最初的第一版分場大綱中尚未出現的創意。我在戲院看這部電影時熱淚盈眶，因為被勾起了所有在成長中壓抑的情感，一發不可收拾，就像最初始，我和楊德昌在討論這部電影時的情緒一樣。

# 不要被現有的類型限制

「我們得充滿真摯的情感，有一種非說不可的慾望，一切才可以開始。」

片單便利貼

Come Rain or Come Shine
東邊晴時西邊雨
**導演**・陳耀圻　**編劇**・張永祥　**發行**・1974

Run Lover Run
愛情長跑
**導演**・陳耀圻　**編劇**・張永祥　**發行**・1975

The War of the Sexes
男孩與女孩的戰爭
**導演**・賴成英　**編劇**・小野　**發行**・1978

The Story of A Small Town
小城故事
**導演**・李行　**編劇**・張永祥　**發行**・1979

Good Morning, Taipei
早安，臺北
**導演**・李行　**編劇**・侯孝賢　**發行**・1979

其實我的電影劇本創作生涯，是從相當快樂又無知的情況下開始的。我遇到第一個和我討論劇本的人正是和楊德昌導演齊名的侯孝賢導演，那時候他還是副導演，有時候也擔任編劇。

我的許多人生際遇非常奇特，當別人需要花很多時間才能接觸到關鍵的人或事時，我卻經常在不經意中就撞到了，而且也一頭就栽進去了。就像後來陰錯陽差地進入了全臺灣最大的中央電影公司，掀起在臺灣電影史上佔有一席之地的「臺灣新浪潮電影」，也是一種風雲際會。

在「臺灣新浪潮電影」之前，臺灣電影工業表面上是非常蓬勃的，因為少了中國大陸和香港兩個華語電影生產的競爭對手，臺灣一度成了全球華語電影最大輸出國。當時在有限的電影類型中，有一種類型廣受臺灣和東南亞華人喜愛，那就是被影史上戲稱為「三廳電影」的文藝愛情片。「三廳電影」指的是整部電影只要在客廳、餐廳和咖啡廳拍攝便可以，外加一些海邊散步或是爬一點山的外景。因為電影生產量大，這是最容易爭取時間完成的電影類型。我就是在這樣的情況下，接到了一封來自民間的永昇電影公司的邀約信，有點莫名其妙地成了電影編劇，親自改編自己的一篇短篇小說〈男孩與女孩的戰爭〉，描寫大學生談戀愛的故事。

永昇電影公司的老闆江日昇為人海派輕鬆，在業界是以敢啟用新人出名，他說，他看上我那篇小說中的「對白」，而且在對白中還提到他們公司出品的電影《愛情長跑》，可見，我還頗注意國片的發展，他直覺我們可以合作。臨走前，他遞給了我兩本張永祥先生的電影劇本《愛情長跑》和《東邊晴時西邊雨》。那是我第一次見到電影劇本，印刷並不精美，也不像是作品，比較像是為拍攝工作用的廉價印刷品。

我犯了一個知識分子自以為是又眼高手低的毛病，下意識有點輕視這樣的「廉價印刷品」，只花了三天三夜，便完成了人生中第一個「電影劇本」。當然，我的「廉價印刷品」立刻被退貨。侯孝賢笑著說：「如果你用這種速度寫劇本，全臺灣的電影劇本給你一個人寫就好了。」

那是我第一次來到位於武昌街的「明星咖啡屋」，侯孝賢和許淑真就坐在我的對面，那是我第一次和別人討論劇本。我無法預知此刻坐在我對面，留著長髮穿著夾克一臉笑意的年輕人，會在未來的世界電影史上留名。我認為此時此刻的我們，面對的是一個無法撼動的、已經沒有太多改變可能的電影環境。幾年之後我才有所覺悟，其實這個世界是可以改變的，真正不想改變的，反而是我們的自我設限和偷懶、苟且的心態。

第一次電影編劇經驗便是在我這種「自我設限」、「偷懶苟且」的心態下，經過了幾次修改後正式完成，甚至連電影主題曲也順帶一起完工，而且是用通電話的方式，聽了幾遍旋律之後便交出了歌詞。

雖然時間已經久遠，依稀記得侯孝賢當時和我討論劇本時說的一些意見，除了提醒劇本中前後情節的相互「呼應」和「連結」之外，說最多的也正是「不要被現有的電影類型限制了想像力」。「我們當初找你就是希望你能跳脫目前電影的內容，寫出不一樣的東西。」「你要用你的劇本刺激我們改變，而不是我們來改變你，配合我們。」這些話，也可以送給編劇初學者。而他自己在後來的創作生涯中，也真正實踐了這樣的理念。

電影上片之後賣座不錯，票房還算成功，我也因此有了更多的編劇機會，但我內心深處其實是相當挫敗的，我看到自己的不用功，覺得很羞愧，因為我其實可以做得更好。

年輕世代導演侯季然曾經提出一個探討當年「三廳電影」的紀錄片構想：「三房兩廳」。他的觀點相當特別，認為那個時代的人只要努力工作，很快就可以買下三十坪大的公寓房子，擁有三房兩廳的足夠空間，其實是非常幸福的。他的觀點一直停留在我的腦海中，當我們輕易用「三廳電影」這樣的名詞諷刺當年的文藝愛情片時，其實是自己內心缺少了那份幸福感，所以無法體驗到真實生活中的那種幸福。

◆

當我們構思一個故事時，我們得先對這個故事充滿了真摯的情感，有一種非說不可的慾望，一切才可以開始。從編劇的角度來看，《早安，臺北》比《男孩與女孩的戰爭》進步很多，隱約之間也嗅到一種國片即將要面臨一種重大變革的氛圍。原因無他，便是這部電影從構思到編劇過程，都向生活更靠近一點，更具有時代和社會的脈動。那是一九七九年的事。

那時候的大導演李行正因為《小城故事》的叫好和叫座，使他個人的電影事業達到顛峰狀態，正力求更上層樓。他在副導演黃玉珊的建議下找到了我。那是李行第一次想試試在長期合作的王牌編劇張永祥之外，尋找可以搭配的人。於是我給了李行一個故事，並且把故事的原始構想也寫了出來，我很有信心這個故事不同於過去的「三廳電影」。

那時候正在國立陽明醫學院（國立陽明大學的前身）當生物系助教的我，除了每週要帶領醫學院的學生上生物實驗課之外，自己還跟著一位薛教授做肝癌研究，所剩時間不多。所以我都用零碎的時間，在一張張陽明醫學院的考試卷上面寫下故事和分場大綱。我的字跡潦草，塗改也不少。李行收到我的「陽明醫學院考試卷」之後勃然大怒，他親自打電話到石牌的山上來，劈頭便罵。或許他很習慣用這種暴君的方式對待所有追隨他的電影工作者，何況像我這樣一位初出茅廬的新手晚輩。他的重點是我太草率了，竟然用考試卷來寫他的劇本。他萬萬沒有想到我的反應不但沒有認錯，竟然也反嗆回去，這是完全違反當時電影圈倫理的。或許我的激烈反應也嚇到了大導演，他沉默了一下，冷靜地說：「我們不要在電話上吵架，因為沒有看到彼此的表情。你下山來吧，我們當面來吵。」

下山之後，李行用比較緩和的口氣告訴我說：「電影是很專業的東西，你不應該當成副業來做，而且用學校的考試卷來寫劇本，這算什麼？」當時心高氣傲的我鐵了心，拒絕再為他工作，因為我真正的人生目標是申請出國繼續深造，攻讀分子生物博士的學位。

最後來收拾編劇殘局的竟然又是侯孝賢。李行在無可奈何之下做出了新的決定，我的角色是原著故事，侯孝賢是改編者，我們仍然可以繼續討論，最後由侯孝賢執筆完成這個電影劇本的結構，是由時間來構成，我們用「寒露」、「冬至」、「清明」和「大暑」這樣明顯的季節變化來區隔四段式結構，也就是用漸冷到漸熱的天氣，襯托出情節的發展。這部電影得到第十七屆金馬獎最佳劇情片，李行上臺領獎時高喊出一句名言：「這是公平的。」

後來，在李行的回顧展中，有朋友看到了當年那一份導致大導演和小編劇爭吵的《早安，臺北》「陽明醫學院考試卷」劇本，我才知道那次其實是一場歷史性的爭吵。因為我去了美國之後，決定放棄當科學家的夢，重返臺灣時，李行非常開心地說著這個吵架的故事，他說：「你看，小野終於聽了我的話，不再腳踏兩條船什麼都想要。這就對了，電影是很專業的東西。」

是的，我真的回來了。而且不久之後，我和一群志同道合的年輕世代朋友重新開啟了一個全新的電影時代，從「廉價印刷品」到「醫學院考試卷」，我終於定下心，展開了自己的電影生涯。

**範例一·《早安，臺北》故事大綱原稿，請見 p.58**

# 故事大綱可以是五萬字，也可以是五百字

「寫劇本的有趣就在於過程的可變動性，在這種可變動性中發現自己的潛力。」

**片單便利貼**

Lantern Festival Adventure
鄉野奇談
**導演**・張佩成 **編劇**・司馬中原 **發行**・1977

Off To Success
成功嶺上
**導演**・張佩成 **編劇**・小野 **發行**・1978

The Orientation
鄉野人
**導演**・張佩成 **編劇**・張佩成 **發行**・1980

Teenage Fugitive
小逃犯
**導演**・張佩成 **編劇**・張佩成、蔡明亮
**發行**・1984

故事大綱應該要寫多長？答案是可以寫五萬字，也可以只有五百字。五萬字的故事大綱其實已經可以拿去拍電影了，因為一個劇本也大約五萬字。那五百字呢？五百字的故事大綱如果寫得精采，可以給人有許多想像的空間。我給編劇課學生創作的第一步，就是要他們交出一個五百字的故事大綱，而且要包括標點在內不多不少正好五百字。那項功課，是為了讓學生學習如何駕馭自己的寫作能力。

我曾經為一部軍教喜劇片《成功嶺上》寫了五萬字的故事大綱，用小說的方式呈現。有這個念頭是因為，當時隸屬於國防部的北投中國電影製片廠接到上級指示，要籌拍一部宣揚「國家需要革命青年，青年需要革命教育」及「讓青年了解愛國、反共、奮鬥、創造的真諦」的電影《成功嶺上》。

剛開始我的角色是為這部電影寫一部像《蛹之生》一樣可以「轟動暢銷」的小說，然後由導演和編劇根據我的這部小說改編成電影。就在我埋頭往下寫小說的同時，傳來導演不滿意劇本的消息，原來，還沒有等我的小說寫出來，編劇已經有了自己的構想，大意是一群大專生去成功嶺受訓時發現有匪諜，於是大家合力抓到匪諜。在編導雙方僵持不下的情況，導演張佩成便主動提出一個折衷的想法，乾脆由原著直接擔任編劇。我的機會永遠是在夾縫中撿到的，於是我把握了這個千載難逢的機會，完成了五萬字的小說《擎天鳩》和五萬字的劇本《成功嶺上》。

新的劇本沒有匪諜，有的卻是一大堆大專生在新兵訓練時鬧的糗事和笑料，開啟了國片一個全新的類型「軍教喜劇片」。這部電影成了當年超級大賣座的國片，參與投資的民間老闆每天都用麻袋去戲院裝現金鈔票，像中了樂透那樣。

為了配合《成功嶺上》的上片，我把五萬字小說《擎天鳩》寄到《聯合報》副刊，希望能同步刊登，主編瘂弦把這個任務交給新手編輯詹宏志。他把五萬字的中篇小說改成八千字的短篇小說，我一點也不以為意，因為我明白這只是為了行銷宣傳，無關乎作品的完整性。編劇和作家的不同之處，就在於編劇是電影集體創作的工作者之一，最大的任務便是完成一部電影的基礎工程。我想，如果要把五萬字的故事大綱濃縮成五百字，我會怎麼寫？

寫劇本的有趣就在於過程的可變動性，在這種可變動性中發現了自己的創造力和想像力，甚至潛力。當然如果你發現自己是一個懼怕別人介入你創作的人，這樣的過程可能會為你帶來極大痛苦，這時，你可以選擇逃避或蛻變。我明白現在年輕世代作者們的困境，正是他們無法和別人溝通及分享自己的創作。做為一個專業的編劇，這可是最致命的個性，除非你是天才。

就拿我寫小說（或故事大綱）《擎天鳩》和劇本《成功嶺上》來做為例子吧，過程中變動和翻轉何其大？從原本只是想要宣揚「國家需要革命青年，青年需要革命教育」、「一群大專生在成功嶺上抓匪諜」，翻轉成一部像是卓別林喜劇的電影，而且徹底改變了那種戒嚴時期威權、肅殺的集體氣氛。

這部電影能叫好又叫座，該歸功於才華洋溢的導演張佩成，和原本可以成為臺灣卓別林的演員許不了。因為張佩成完全能掌握許不了的肢體表演節奏，而許不了天生的喜感在這部電影中發揮得淋漓盡致，甚至因為他的傑出表現，我們把他的戲分加重到幾乎成了主角，這也是寫劇本和寫散文或小說最大的差異。

許不了原本飾演的只是連隊裡一個排中的班兵許振邦，其他八個班兵都是已經頗有知名度的演員，例如喜翔、馬永霖、秦風、汪威江等，更不要說那些答應來客串的超級大牌演員林青霞、林鳳嬌、楊惠珊、秦祥林、梁修身、郎雄。就在如此巨星雲集的大製作中，我們讓一個名不見經傳的新人許不了擔當主角，也讓我這個只有一年經驗的編劇新手充滿挑戰。這是我四十年前的舊作，如果要重來一遍，我一定會在人物關係上下功夫。因為人總是會在被強控制和違反人性的狀態下顯出更真實的一面。

◆

張佩成和當時許多擅長拍軍事片的大導演最不同的地方，在於他對於電影藝術的認知。他樸實、敦厚，略帶幽默、淘氣的風格，還有場面調度、鏡頭語言等特色，在他的《鄉野奇談》和《鄉野人》、《小逃犯》這些電影中可以看到。他用這樣的風格來處理一部極可能流於制式呆板的宣教電影，為後來的軍教片建立了一個里程碑，至今無人能超越。我個人因為這部電影的叫好又叫座，僥倖入圍了金馬獎最佳改編劇本，頒獎典禮時，我已經在寒冷的紐約州立大學水牛城分校攻讀分子生物博士學位了。回到冰冷的名為「麥當勞」的宿舍，我常常聽著《成功嶺上》的主題曲：「英雄來自四面八方，從四面八方奔向成功嶺上。英雄懷有崇高理想，為崇高理想集合在成功嶺上。」

我總是聽得熱淚盈眶。或許現在回頭看實在有點蠢、有點被愛國主義洗腦，但是隱隱在胸中被點燃的，反而是那種想改變現狀、影響世界的「理想主義」野火。

許多年之後我才確定，正是那樣無法熄滅的騷動野火，使我決心像飛蛾撲火一般奔向了原本自己很不習慣的電影界，開始了八年像公務員一般的編劇、製片、企劃及行銷生涯。

**範例二．《擎天鳩》小說第四節與《成功嶺上》劇本第三十一至三十四場，請見 p.68**

# 用「校園電影」學習分場大綱

「青少年可以從校園類型的劇本創作中，得到某種自我療癒和自我審視。」

3 Idiots
三個傻瓜
**導演**·Rajkumar Hirani
**編劇**·Abhijat Joshi、Rajkumar Hirani
**發行**·2009

You Are the Apple of My Eye
那些年，我們一起追的女孩
**導演**·九把刀 **編劇**·九把刀 **發行**·2011

Our Times
我的少女時代
**導演**·陳玉珊 **編劇**·曾詠婷 **發行**·2015

第九屆 Myfone 行動創意獎微電影組首獎
選擇題
**導演**·賈立傑 **編劇**·賈立傑 **發行**·2015

**片單便利貼**

Tong Ban Tong Xue

同班同學

**導演**・林清介　**編劇**・吳念真　**發行**・1981

Station

驛

**導演**・降旗康男　**編劇**・倉本聰　**發行**・1983

Edelweiss

白色酢漿草

**導演**・邱銘誠　**編劇**・小野　**發行**・1987

Sir, Tell Me Why

老師有問題

**導演**・麥大傑　**編劇**・吳念真　**發行**・1988

一九八一年正式進入中央電影公司，成為固定上下班的電影公務員，和比我早半年進到這家公司當編審的吳念真面對面坐了八年，是我生命中最幸運、也是最不幸的際遇。幸運的是當面對一個巨大如恐龍般的僵化體制時，並肩作戰的夥伴是一個武功超強的高手，在八年不算短的時光中和我一起企劃、討論著每一部逐漸成形的電影劇本的人，是未來將成為大師級的年輕人，真的有那種「英雄來自四面八方」的意氣風發。當然最不幸的便是從此他的存在，對我而言是如影隨形的壓力，不斷提醒著我：「有一個人已經把你遠遠拋在後面了。」

有件事讓我印象最深刻。有一天，吳念真手中一疊寫滿字的白色卡紙，像是一副撲克牌，那時候的中影公司沒有任何新片要開拍，他正在替林清介導演寫一部校園電影《同班同學》，也因為這部電影，他拿到編劇生涯中第一座金馬獎最佳編劇，之後他一共拿了五座金馬獎，其中有一座還是我替他上臺領的。

他用白色卡紙來寫每一場的重點，包括人物和情節，甚至重要的一、兩句對白，之後就試著前後調整場次的順序，像是在玩紙牌魔術。他的記憶力極驚人，有一次我們一起去看了一部日本電影《驛》，那是一九八三年高倉健主演、充滿文學氣息的警匪片。他回到辦公室，點起一根煙（我就這樣吸了他的二手煙整整八年）對我說：「小野，你相信嗎？我現在可以從電影的第一場背到最後一場！」我說不相信，他就真的開始背了。就劇本結構而言，倉本聰採取了現在和回憶交錯進行的方式，結構並不複雜，但是回憶的事件並不少，而他卻記得一清二楚。他說他是用「情緒」和「節奏」把一場又一場串連起來，就很簡單了。

在累積了很多編劇經驗後，我找到了一個物理的力學原理，來解釋吳念真的記憶方式，也就是 **F=ma**，質量乘上加速度等於力量。質量就是每個段落的情緒，加速度就是每個段落的節奏。

回到吳念真手上拿的那一疊白色卡紙吧。他當時正在寫《同班同學》，一部悲喜交集的校園電影，那是吳念真三十歲前的早期編劇作品，但是已經看得出他後來一路行來最擅長的寫作風格了：弱勢、情義、體諒和愛，從電影劇本到《人間條件》的舞臺劇本，始終如一。他掌握最好的仍是力學原理，他精準的節奏（加速度）承載著強烈的情緒（質量），逼出了觀眾的眼淚和歡笑。

「校園電影」可以算是臺灣的特產之一，是中國大陸電影工業無法模仿的類型，例如這幾年橫掃華語市場的《那些年，我們一起追的女孩》、《我的少女時代》，其實都是三十多年前在臺灣曾經有過的「校園電影」升級版，所謂升級版也就是年輕學生的生活習慣改變、觀念改變，但是人物、事件大約是環繞著初戀、夢想、師生、教育、家庭這幾個可以產生故事的元素來編寫，找到了這樣五個元素，是限制也是自由，最適合初學者做「分場大綱」的練習。

有部不到五分鐘的微電影作品《選擇題》，在某一次全國性的微電影創作大賽中獲得決審委員一致同意，勇奪獎金高達新臺幣一百萬元的首獎，導演賈立傑才剛從臺藝大畢業，他選擇的故事是再簡單不過的「考試作弊事件」，百分之百的「校園電影」。

為什麼「校園電影」是臺灣獨有的特產？道理可能和「軍教喜劇片」一樣，因為特殊的社會結構和歷史文化形成了這兩種電影類型，都是來自長期威權體制下的產物。傅柯（Michel

Foucault）在《規訓與懲罰》（*Surveiller et Punir*）中，曾經把工廠、學校、軍隊、監獄等描繪成一種被監督、壓制和自我訓練的場所。許多「校園電影」都是在如此集體的壓迫環境下誕生了比較深刻、生動的故事，包括微電影《選擇題》。

◆

我曾寫過一部很不一樣的校園電影劇本《白色酢漿草》，算是在臺灣教育改革聲浪尚未風起雲湧之前，對臺灣教育體制的批判之作，很不同於只停留在「清新、單純」的早期校園電影風格。

這部電影改編自作家荊棘的小說選集《荊棘裡的南瓜》中一篇同名小說，在那個封閉的年代，這篇小說的主題相當具批判性，它批判了當前臺灣教育制度的僵化和教條，甚至形式主義。導演邱銘誠看中了這個在當年算是具有突破性意義的小說，決定改編成電影。通常面臨改編時，編劇免不了會把自己的真實經驗和對身邊人物的觀察擺進去，於是我找到了一個簡單的改編方式：先創造一個女主角秋雲的原生家庭，成為她企圖要擺脫的不幸宿命，這部分我採用了自己寫的那本散文《雜貨商的女兒》做為秋雲的背景設定，有點鄉土文學改編為電影的風格。電影一開始採用了《雜貨商的女兒》那本書中的部分情節：秋雲的媽媽在裁縫店替秋雲的姊姊彩雲挑布料做新衣，完全忽略了秋雲的內心需求，可是後來彩雲在省女中因為未婚懷孕遭到退學這件事，反而成了後來也考上同樣省女中的秋雲揮之不去的陰影。媽媽在家中常常被粗暴的父親毆打，弟弟常常偷竊、在外面和一些孩子遊蕩鬧事，都是秋雲在青少年時期很想甩脫的噩夢。而一頭桀驁不馴的鬈髮象徵了她的叛逆，隱喻了整部電影「突變種」的主題。

當秋雲考上了姊姊被退學的省女中之後，所有的情節就此展開。我塑造了一個其實有點自我矛盾的女校長，和嚴厲但有點搞笑的女教官，讓這兩個角色不是傳統故事中的非黑即白那樣極端、扁平，她們在情節進行中有了漸進式的轉變，因為我採用一種比較幽默諷刺的風格，來描述威權制式的教育體制，這樣比較容易引起觀眾的共鳴。例如女校長辦公室掛著一幅海倫凱勒的肖像，那是給別人看的，當女校長獨處時，她會把海倫凱勒的肖像翻過來，變成一面鏡子，她常常面對鏡子梳妝，鏡子其實隱喻著身為教育者，我們應該常常看看自己的模樣或是內心、良心。例如女教官自己也是一頭蓬鬆的鬈髮，她用非常嚴厲的方式控制著每個女學生的頭髮，毫不留情，甚至粗暴地對待她們的頭髮，其實也隱喻著教育內容中的思想控制，也就是頭髮下腦袋的控制。

當時的電影劇本要接受政府部門審查。電影檢查制度仍然很嚴格的戒嚴時代，這樣的劇本其實已經是在衝撞禁忌尺度了。現在回顧這個劇本採用了比較幽默、搞笑、甚至歡樂的氣氛，其實也是用來掩護控訴和批判的本質。所以女教官也有了人性和搞笑的一面，例如踩著高跟鞋和秋雲賽跑，最後乾脆脫掉高跟鞋繼續跑的情節；還有女教官在上軍訓課時，那些女學生在表演列隊行進因為左轉右轉的錯誤所造成的喜劇效果，有點類似前面提過的軍教片《成功嶺上》的手法。同樣的，校長開口閉口提到八年抗戰的歷史傳統時，觀眾都可以感受到編導的意圖是諷刺的。

另外兩個人物的塑造，現在回顧起來就比較刻板了：一個是尊重學生、開明自由的生物老師李少農，和一個口口聲聲要維護傳統文化的國文老師老夫子，他們各自代表了這所學校不同的教育理念的衝突。在生物老師方面的情節，其實我是用了自己在師大畢業後去一所國中實習一年的經驗，例如在化學課時教學生唱英文歌曲，在大雨中打完球走進教室後，學生們紛紛把濕透的衣服換下來，在課堂上放映從師大借來的性教育教學影片等，只是在電影劇本中，我把小男生換成了高中女學生，所有的戲劇張力卻加強了：李少農的教育方法造成了學校傳統保守勢力激烈反撲，批判這位新來的生物老師「骯髒」。

當然，老夫子要學生用毛筆寫作文、寫悔過書和背誦古文也成了劇本中搞笑的情節，最後乾脆讓這兩位各自代表不同教育理念的老師跳上桌子，準備用武力解決，企圖顛覆傳統學生電影小清新的目的很清楚，衝撞當時電影檢查制度的目的也昭然若揭。好在，當時社會的氣氛也正處於戒嚴令解除前後，才會有了類似《老師有問題》的電影相繼出現，挑戰當時的劇本審查制度。

整部電影採取兩條線的發展，就是秋雲原生家庭的悲慘變化，和秋雲在學校一路叛逆到底的挫敗交織而成。電影分場大綱便是順著這兩條不斷變動的主線發展出情緒和節奏。生物老師李少農引導秋雲去研究校園中白色酢漿草的突變現象，成為劇本後半段的重要轉折，從這裡又回到原著小說的核心精神：教育的本質是在尊重多元，而不是採取相同標準「改造」不同的學生。這部電影劇本雖然改編自荊棘的同名小說，但是在編劇的過程其實放進了很多我自身的教育現場經驗和親人的真實故事。

這樣的主題，在許多年後的印度電影《三個傻瓜》得到了相當淋漓盡致的發揮，看似笑鬧中控訴了僵化教育如何殺人。

◆

對於一個初學編劇的新手而言，可以從校園電影做為一種起步的練習，因為臺灣的教育制度一向荒誕、扭曲，造就了一個很不平衡、不健康的社會，不過，青少年可以從這個類型的劇本創作中得到某種自我療癒和自我審視，不妨試試看。

# 用「成長電影」學習劇本結構

「電影的作者觀點，是電影最重要的核心，也就是，你到底想說什麼？」

Kuei-mei, a Woman

我這樣過了一生

**導演**・張毅 **編劇**・張毅、蕭颯 **發行**・1985

Reunion

我們都是這樣長大的

**導演**・柯一正 **編劇**・小野 **發行**・1986

Dust In The Wind

戀戀風塵

**導演**・侯孝賢 **編劇**・朱天文、吳念真
**發行**・1986

So Long, My Son

地久天長

**導演**・王小帥 **編劇**・王小帥、阿美
**發行**・2019

**片單便利貼**

In Our Time

光陰的故事

**導演、編劇**・陶德辰〈小龍頭〉、
楊德昌〈期待〉、柯一正〈跳蛙〉、張毅〈報上名來〉
**發行**・1982

Growing Up

小畢的故事

**導演**・陳坤厚
**編劇**・丁亞民、朱天文、侯孝賢、許淑真
**發行**・1983

The Boys from Fengkuei

風櫃來的人

**導演**・侯孝賢　**編劇**・朱天文　**發行**・1983

A Time To Live, A Time To Die

童年往事

**導演**・侯孝賢　**編劇**・朱天文、侯孝賢
**發行**・1985

我坐在中山堂看著王小帥最新的作品《地久天長》，這是第二十一屆臺北電影節的開幕電影，坐在左側的是我在中影時代的老同事、最近這四屆電影節的主席李屏賓。我們一直很沉默也很專注地，欣賞著這部透過一場溺水失去兒子的意外所發展出來的野心史詩作品，藉由幾個莫逆之交彼此的生命故事，反映了中國改革開放的歷史關鍵時刻。看完之後我們唯一的對白是：「真的是好長的電影。」「是啊，是長了點。」「有點可惜。」王小帥在映後座談的解釋，是他想要「更完整」地記錄電影中每一個角色的轉變和結果，他說這不只是一部電影，它是生活。

臺下第一個舉手發問的觀眾向王小帥致敬，並且表示歡迎他來臺灣拍片，也為臺灣的歷史做些紀錄。後來我因為要趕回家，沒有再聽下去，起身離開了滿座的中山堂。忍不住開始想念著上個世紀八〇年代那些和我一起拍電影的好兄弟們，他們其中已經有人離開人世好久好久了。

走在夜色中，我也想起了那部同樣是用「溺水事件」做為故事主軸的電影《我們都是這樣長大的》，正好在兩天前，我又重看了一遍這部三十多年前我參與編劇的電影，內心不勝唏噓。

其實，在上個世紀八〇年代的臺灣新浪潮電影中，那些當時才三十多歲的導演們，早就以不同的方式用電影為臺灣許多歷史做出了見證和紀錄。其中《我們都是這樣長大的》更是用了四幕劇的方式，透過同班同學相聚的方式，直接呈現了臺灣在五〇、六〇、七〇、八〇年代的社會變遷。有一個巧合的地方，《地久天長》和《我們都是這樣長大的》都是到了故事結尾時，讓當事人說出了溺水事件的真相。其實這樣的情節並不是多麼獨特，重點在於不同的電影透過類似的事件，想要呈現的可能是完全不同的主題，也許是內疚、遺憾，也許是罪惡感，也許是更宏大、開闊的，屬於時代的象徵或暗示，這才是電影的作者觀點，是電影最重要的核心，也就是，你到底想說什麼？

◆

當時提出《我們都是這樣長大的》這種簡單易懂「四幕劇」結構的，是我的企劃組同事陶德辰，一個剛從美國雪城拿到電影碩士的年輕導演。當時我們正面臨臺灣新浪潮電影的低潮，一些藝術成就很高的作者風格電影在票房上失利，使我們受到了一些評論的冷嘲熱諷。於是包括柯一正、張毅、陶德辰在內的新導演們便提出了「修正」意見，把故事再說清楚完整一些，也就是拉回到比較傳統易懂的說故事技巧，於是有了「我」系列的推出和票房上的成功，包括柯一正《我們都是這樣長大的》和張毅《我這樣過了一生》，重建市場上觀眾們對臺灣新浪潮電影的信心。

由我負責執筆來完成這個劇本時，仍然用了自己在成長中幾個很重要的經驗：一個是在小學三、四年級時，班導師用紅釦子和黑釦子的多寡來區隔好學生和壞學生的錯誤教育方法；另一個是在高中時的露營經驗，還有一個是初中同班同學升上高中之後溺水而死的悲劇。這兩個重要的成長經驗，成了編劇過程中做為「人物關係」和「情節發展」的基礎，再向下發展出人生的另外兩個階段——初入社會的徬徨和中壯年期的心境，構成了臺灣五〇、六〇、七〇、八〇年代，四個時期的社會面貌的「四幕劇」結構。這樣的「結構」曾在被認為是臺灣新浪潮電影的先驅作品

《光陰的故事》中使用過，差別在於《我們都是這樣長大的》採用的是同班同學的成長過程，《光陰的故事》是由四位導演各自創造不同的故事反映了不同年代的臺灣社會。

「成長」這個主題在臺灣新浪潮電影許多作品中都曾經出現，像侯孝賢的《風櫃來的人》、《童年往事》、《戀戀風塵》和陳坤厚的《小畢的故事》，都成了臺灣電影史上的經典作品，這些帶有強烈作者風格的作品，在國際影展中受到了極高的評價，但是真正在電影工業及電影市場上創造了一股成長片類型及風潮的，其實是柯一正的《我們都是這樣長大的》，因為後來誕生了不少類似的作品也都創造了成功的票房，成為當時電影的一種類型。在新電影的轉型期，柯一正、張毅、萬仁等導演功不可沒。

◆

《我們都是這樣長大的》的編劇過程，也是一次分享各自成長故事和又一次共同成長的美好經驗。我們那個年代的電影編劇方式都習慣集體討論，然後由一人執筆完成，所以這部作品中的許多情節，都是這樣大家七嘴八舌相互激盪出來的，最後榮耀只歸於執筆掛名的那個人。三十多年後，柯一正導演和我閒聊時說到一件事，他說，我在那次金馬獎的頒獎典禮上，同時有兩部作品都入圍了最佳原著編劇獎，結果是由《我們都是這樣長大的》得了獎。當時我隔壁坐的是一起被提名的楊德昌導演，他和我同時掛名《恐怖分子》的編劇，當然難掩失望之情。我上臺時有點緊張，說了一段「很不得體」的感言，我說，我以為是《恐怖分子》會得獎，又說《我們都是這樣長大的》劇本獎應該由我和柯一正導演共享，但他很謙讓，讓我一個人掛名。柯一正導演大笑說：「我知道你的這番話原本想同時討好兩個人，結果同時得罪兩個人。」三十多年後才聽他這麼說，但是遺憾已經造成，說聲對不起已經來不及了。「討好」變成「得罪」，真是始料未及，或許這樣的微妙心情，也可以做為未來思考電影情節時的參考。

這部電影劇本中的人物不算多，情節並不複雜。透過制服上的「紅釦子」和「黑釦子」，來區隔人物在傳統教育中的「好學生」和「壞學生」；也透過一些行為，例如會買釦子來賣給學生的臭頭將軍廖偉明，塑造他未來會成為一個生意人的性格。「黑釦子組」的學生以廖偉明為首，一共四人專門搗蛋捉弄女生，甚至把蛇放在講臺的抽屜嚇老師。「黑釦子組」包括喜歡變魔術後來成為議員的方少炳、喜歡彈風琴後來成為大老闆廖偉明司機的李來發，及當廚師後來開餐廳的小胖張福明。「紅釦子組」的成員由個性好強後來當上新聞主播的江蓓蓓領軍，和江蓓蓓有競爭關係的模範生沈千惠、嫉惡如仇言語尖酸刻薄後來成為律師的梁邦強、心地善良說話結巴後來成為醫生的施承祖。他們彼此之間的關係因為被老師用紅、黑釦子做為區隔，所以在班上就自然形成了兩大集團，原本沒有惡意，甚至以為用獎、懲分明來鼓勵，就可以讓壞學生改過向善的老師，卻成為分裂兩個集團的始作俑者。

這種傳統用評比、考試、排名做為教育的方式，藉由第一場老師發考卷的戲便展開了，其實這是我自己的噩夢，一輩子都跟著我：人的價值被透過一次又一次的相互比較、排名而建立，而我的自卑感和不快樂也就源自於傳統家庭和學校教育中的評比和考試形塑而成，牢不可破。之後的情節就順著這樣的把學生分階級、評比、懲罰一路發展，穿插著我們這個世代貧乏的兒童遊戲，例如玩紙牌、彈珠、打躲避球、種菜、拿掃把打仗等。當然，孩子們也有一些苦中作樂的點子，在柯一正導演流暢的剪接、運鏡和輕快的配樂下，這段童年成長中的快樂超過了隱藏在教育制度下的扭曲和痛苦，甚至拍得像一首童詩般充滿想像力和創造力。所以當童年轉向青少年這一段時，有的只是青少年對異性的好奇和彼此關係持續發展，對於壓抑並沒有太多的著墨。但是真正的大事件和關鍵的轉折就發生在這一段，新婚不久的師丈因為要救溺水的菜頭而犧牲了，所有人物的互動和發展，都因為這個悲劇有了向下發展的可能。而青少年的感情世界也在這一段有了新的機會，臭頭將軍廖偉明喜歡江蓓蓓、方少炳暗戀沈千惠，這兩段才剛萌芽的青春愛情在未來都有新轉折，也成為下一段的轉場。

第三段的開始，是每個人在大學畢業後找工作及愛情婚姻的徬徨和抉擇。那時候的廖偉明在一般人眼中，只是一個工作不順利的失敗者，一事無成，非常自卑，更不敢承諾他的情人江蓓蓓任何事；而小記者江蓓蓓決定嫁給她的上司，一位電視臺的主管。

同樣的，只是一個助選員小角色的方少炳也不敢向他暗戀的沈千惠告白，他只有在沈千惠出國留學時，特別交代同班同學梁邦強要好好照顧沈千惠。紅釦子組和黑釦子組的同學在求職及深造上，似乎已經有了一點答案，那就是紅釦子組的同學果然前途光明：讀醫科的、出國深造的、當上電視臺記者的。而黑釦子組的同學果然都像是社會認定的失敗者，注定成為底層人物。

江蓓蓓婚禮鬧洞房，及他們重新回到鄉下的那間小學、大家去找當年失去師丈的老師，成為這一段的三個主要情緒節奏。江蓓蓓的婚禮深深刺傷了一事無成的廖偉明，在酒後鬧著要吻新娘，在破卡車上指著高樓大廈發誓有一天要把它們買下來。老同學們在卡車上唱著一首又一首的廣告歌曲〈綠油精〉、〈凍凍果〉、〈乖乖〉和高凌風的〈大眼睛〉。當他們來到海邊的小學時，發現小學教室附近都在蓋大樓了，那是臺灣經濟起飛的七〇年代，暗示著即將到來的一個翻轉命運的新時代，為下一個段落做了伏筆。這一段的最後便是他們去探望十年不見的老師，她已經繼承了師丈生前的志業，從事特殊教育工作，照顧智障的孩子，這一段也成為下一段情節發展的主軸。

第四段進入到經濟起飛、社會躁動的八〇年代，所有人都有了新的改變，屬於黑釦子組的那些孩子，在這樣社會條件下有了大翻身的機會，廖偉明成為房地產大亨，原來只是助選員的方少炳也當上了市議員，而紅釦子組的江蓓蓓成為知名的電視節目主持人，施承祖成為醫生。變化最大的反而是模範生沈千惠出國留學後和方少炳漸行漸遠，答應方少炳要多照顧沈千惠的律師梁邦強近水樓臺先得月，乾脆娶了沈千惠，這樣的變化成為未來和方少炳衝突的主要情緒。做為醫生的施承祖一直感念老師對他的照顧，所以一直協助老師面對遭到社區居民反彈的啟智中心的生存，他找來這些在各領域都佔有一席之地的老同學們齊聚一堂，想辦法讓老師繼承師丈志業的啟智中心能夠在社區內生存下來。由廖偉明去找新的地方安頓啟智中心，由江蓓蓓在電視節目中用報導及座談來製造話題和施壓，直接幫助老師照顧弱勢孩子的志業得以順利進行。但是這樣的過程卻被人檢舉，說所有座談會上的來賓都是老師曾經教過的學生，所以缺乏正當性和公平性。

在協助老師度過難關的過程，這些已經事業有成，或是仍然在掙扎奮鬥的同學們，彼此間的心結也在這時爆發，一些不為人知的祕密和真相在這一段中一一呈現。除了情感上的糾葛之外，透過廖偉明的司機李來發在醉後吐實，得知廖偉明被他的老婆出賣人財兩空，其實沒有能力幫助老師。到了最後，廖偉明終於說出了第二段青少年露營溺水的真相，當時翻船之後，菜頭緊緊抱住廖偉明，可是廖偉明不但沒有救他，反而推開他，甚至踹他。為了求生存，廖偉明別無選擇地犧牲了菜頭，就像後來在商場上一樣。成功的背後隱藏了多少不為人知的相互踐踏和殘忍手段？

這個劇本結構算是清楚明白的四幕劇，而且是線性式的順著時間發展出來的，比起一些非線性結構或是回憶、夢境、多重可能甚至是開放式結局，像前面提及的《恐怖分子》，這個劇本在結構上相對簡單。做為一個想要從事編劇工作的初學者，這部電影的劇本很適合當成範例來討論，尤其是還有許多留白的部分，或是可以再增刪的部分。現在回頭再看這個劇本，當成編劇的教材相當不錯，可以從事反覆的練習。

# 範例一・《早安，臺北》故事大綱

## 寒露

天涼好個秋的日子，木棉開始落葉紛飛，臺北的早晨，有各式各樣早起的人，早覺會擺手扭腰的老人、新公園遛鳥的、通宵達旦搓麻將的、跳土風舞的中年男女、公車牌下清一色的中學生，有一半以上的臉都架著一付眼鏡、女工騎著腳踏車進入工廠，臺北從黑夜的沉睡中逐漸打著呵欠——醒了。大地一片淺灰，映著未滅的路燈。

葉鎮國教授家的老管家王福正在院落裡打掃梧桐落葉，樹幹上掛著一個電晶體收音機，是于真所主持的《早安臺北》。于真反覆播報著時間：七點零三分，同時播報一天的氣象及放著國樂。時間的腳步和歲月在于真輕盈的聲音中一點一滴地消逝。

葉鎮國的兒子葉天林，曾經考了三年大學都落榜，當了兩年兵，退伍後在補習班混了一年，去年如願以償地考上了醫學院獸醫系。比他小兩歲的表妹孟心潔已經是大四的應屆畢業生，高中同學唐風也都在社會上做事了，這都給了他無形的壓力。葉天林只念了一年大學就厭棄了大學，他對於現行教育制度的萎縮與僵化和自己缺乏一個具體生活目標感到茫然，於是他瞞著教授父親偷偷辦了休學，他想去闖天下——憑著他所遺傳死於心臟病的母親司馬安的音樂細胞，憑著他所認知的傳統音樂精神及現代技巧及母親生前所教授他的和聲學及對位法、調式、音程等基礎，他勇敢地踏入複雜多變的社會。

葉天林休學後，與唐風來往甚密。唐風是個典型的拜物與拜金主義者。他是個棄嬰，由孤兒院撫養長大，半工半讀念完大學後，凡是能賺錢的事他都幹：拉保險、替廠商推銷貨品、批發成衣擺地攤、送貨、當家教。他毛毛躁躁的經常忘了拿摩托車鑰匙和安全帽，可是積極、樂觀的性格卻影響著葉天林。

和唐風住在一起的房客，一個是想當歌星的高亦音，每天都吊著嗓子，一個是想考聯考的蘇叢，兩人每天都為自己未來的前途用功著。

葉天林偶爾幫唐風處理一下送貨的事，唐風仍然打著葉鎮國的主意，要他也要投保。唐風在臨睡前要聽半小時的舒伯特，藉以除去一身銅臭味，以提高「氣質」和「水準」，天曉得，音樂聲總是伴著他的鼾聲。

唐風有個很要好的女朋友蘇琪，專幹「不賺錢的事」，在臺北藝術館開現代攝影展，葉天林受唐風之託，幫忙她籌備。她的黑白照片中都是在都市內被人疏忽的小角落，像公園椅腳的小貓、氣象臺的風向球、枯枝、垃圾堆等，闡釋了蘇琪細膩的心。葉天林與蘇琪很談得來，葉天林想搞環境音樂，蘇琪給他意見，並且鼓勵他。

葉天林的表哥孟大元經營一家唱片公司，他為葉天林安排唱一些自己編的廣告歌，包括減肥藥及肥皂粉，同時又編了一些很生活化的歌曲，例如〈睡個午覺再說〉、〈週末晚上無處去〉等。同時葉天林也在餐廳獻唱這些民歌，由於取材新穎而親切，頗受歡迎。

唐風的家教經常沒空教，就委託葉天林或蘇琪幫忙，葉天林把課本的內容編了歌教給小學生唱，使他們很快就背誦了起來。忙完了家教他們就去夜市找唐風，幫忙他賣衣服，生活忙碌而緊張。

孟心潔念臺大物理系就要畢業了，對於未來很茫然，他的姨父葉鎮國是物理學權威，建議她出國深造。對一個女孩而言，在這種關鍵上的取捨總是會猶豫的，她對葉天林有好感，只是不敢表達。她的父母各忙各的，父親炒地皮、搞股票，母親和朋友串門子打麻將，認為孟心潔夠大了，不必為她操心。何況孟心潔是個模範生，年年拿書卷獎，連男生都自嘆弗如，造成孟心潔有那種無從選擇地朝別人給她定下的路上走下去的悲哀。

葉天林一直沒搞清楚蘇琪真正的職業，有時蘇琪拿著錄音機到處採訪錄音，到醫院去訪問醫生與病人的關係，有時候又到工廠去訪問女作業員。直到有一天在于真所主持的《早安臺北》裡聽到了那些訪問才知道于真就是蘇琪。王福喜歡聽于真的聲音，因為像他留在中國大陸的太太，有時還聽得痛哭流涕。

唐風偶爾會回去他生長的孤兒院，孤兒院的小彈珠頑皮而不喜被人管教，很像唐風小時候，因此唐風對小彈珠也有一份很特殊的情誼。最近孤兒院的地要被地主收回去蓋大樓，期限快到了，唐風內心很焦急。

## 冬至

受東北季風的影響，天氣濕冷，細雨不止。冷鋒每過境一次，天氣就更冷一些，木棉的葉已落盡，一片蕭蕭颯颯。

耶誕節到處掛著象徵性的燈泡和聖誕樹，唐風照常賣他的冬衣和保險，孟心潔照常讀書準備期末考。蘇琪是基督徒，她想拉葉天林一起去報佳音，葉天林在餐廳彈唱，生意興隆不能請假。就在這一晚葉鎮國從孟大元那兒知道風聲，趕到餐廳，點了一首歌——〈你真叫我失望〉，令葉天林措手不及。

父子相望，葉父不立刻拆他的臺，葉天林聳聳肩，仍然是一副不在乎的態度，故意選唱一首〈母親妳在何方〉企圖緩和氣氛，可是葉鎮國的表情卻是不可妥協的堅持。

在一片〈平安夜〉聲中，葉天林被逐出家門。唐風仍然在舒伯特的催眠曲中流著唾涎，葉天林來找他，暗暗的客廳中，蘇叢的房門洩出一道亮光，他還在用功——有人唾棄上大學，也有人拚命往裡面鑽。葉天林推起唐風，說要暫時住在他這兒，唐風和葉天林靠著公寓的三樓窗外看著如畫的夜，唐風拿出酒和滷菜來慶祝，慶祝什麼呢——天曉得？唐風的七個家教學生沒回家，一個個卻擺平了，他們住在附近，父母要求唐風補習補晚一點，而他們的確太睏了。唐風在幾分醉意中道出自己的心聲，他連作夢都會夢到自己挨父親打一下，唉，就這樣——打一下，不知道多麼好啊。兩人喝著酒、說著狂語，夜深了，露水濺濕了他們年輕的臉龐，像是清淚。

孟心潔來唐風處找葉天林，要他回家，順便和他談起她出國的事，她已收到入學許可，拿到全額獎學金。葉天林恭喜她，她卻顯得很惶恐。葉天林鼓舞她要下定決心，像他一樣，認為該念就念，不想念就休學，不要考慮太多。

孤兒院小彈珠逃出院外失蹤，被唐風抓回家裡處罰他，在責備中知道唐風自己曾經是如此頑劣。唐風知道孤兒院立刻就要面臨被地主趕走的命運時，除了激動地和地主打一架外，只怪自己拚命賺的錢還不夠付這筆重建費用，孤兒院似乎陷入一片淒風苦雨中。

日子彷彿被凍僵了，只有葉天林創作的民歌還掙扎地在各地被選播著，透著一息生氣。

## 清明

木棉樹長出幽黃的花朵，四處溢滿花粉，天氣變化多端，梅雨苦久，夜雨不歇，日子乍晴乍雨。在控制室的蘇琪接到從宜蘭大溪漁港打來的長途電話，是她母親打來的，說她父親出外打漁的船翻了。蘇琪找唐風，唐風不在，葉天林決定陪她回一趟大溪漁港。

漁會辦公室都是亂哄哄的漁民家屬，船主阿富窮於應付，大家指責船沒修好就出海，蘇琪陪著母親擠在人堆中不知如何是好。漁會負責人春木伯向大家保證一定全力搭救，要大家回去靜候消息。

天林、蘇琪和弟弟阿強陪著有些失常的蘇母在蘇家等待進一步的消息，天林裝瘋賣傻想把緊張的氣氛沖淡一下，蘇琪在悲傷中最能體會出天林那份善良的本性，這一刻，他變得如此有耐心，陪著蘇家熬過這段瀕臨苦難的時光。

漁港擠滿了遇難漁民的家屬，在一陣騷動中，那艘漁船逐漸泊港了，蘇琪的爸爸平安歸來，她高興得抱住葉天林，忘了身邊的歡騰，良久才忽然發現失態地放開手。兩人之間那種奇妙的情感滋生著，為了唐風，卻沒法表現出來。

在蘇家逗留的這段短短的日子裡，葉天林向愛唱臺灣民謠的蘇先生討教了一些臺灣本土音樂，由那些純樸的漁民喝酒高歌中學到了一件很重要的事，那就是民歌的內容及本質，要能深入民間，打動那些生活在底層的人們。

大里車站，蘇琪送葉天林回臺北，送了一包魚乾給他，兩人相對無語，蘇琪還刻意逃避著葉天林的眼光。

葉天林回臺北後，將魚乾交給唐風，騙他說是蘇琪要他帶給他的。葉天林發現唐風的精神很頹喪，高亦音初賽後被淘汰，回南部去了，蘇叢在洗頭，忽然他好想自己的家，於是他決定回家了。

一個雨夜，葉鎮國正犯氣喘病，坐在書房沉思，葉天林悄悄進來，父子兩人相會，對話像是日常生活中的話家常，似乎沒發生過什麼爭執。滿頭雨水的葉天林給老父端上湯藥，王福告訴天林最近發生的一件大事，那就是唐風為了重建孤兒院，在地主面前跪了一晝夜，引起社會人士的注意，紛紛捐款，有人也譴責地主的自私，葉鎮國對唐風印象轉好，決定投保人壽保險，讓唐風高興。

眼看孤兒院的重建就要解決了，葉家父子誤會也冰釋，蘇琪的一場虛驚結束，又回到臺北。葉天林的唱片發行不錯，街頭巷尾都有人在唱他新譜的民歌——〈撒網撒向天〉，同時孟大元邀請蘇琪上電視主持一個社教性的節目，蘇琪要求葉天林訓練一批孤兒院的小孩，組成一支兒童合唱團，唱葉天林譜的歌，也有固定的收入貼補孤兒院的生活費用。一切都欣欣向榮，像草木的生長茂盛成林，雖然在這樣善變的天候裡。

最重要的，葉天林對未來充滿著企盼與遠景，感情上，也就故意不去觸碰了。

## 大暑

午後的雷雨，夾著散不走的熱氣，讓早熟的木棉花開始長葉子，而那些花朵一朵朵都進了清潔大隊的清潔車裡了。

這是一個充滿著驪歌的日子，聚聚散散的朋友都揮了揮手，人生就是這樣經常要揮揮手啊揮揮手。孟大元替孟心潔開了一個盛大的舞會，歡送孟心潔去美國深造，為了熱鬧起見，許多人都被邀請了。

在舞會中，每個年輕人都懷著心事，保守的孟心潔一反常態，穿著很暴露的衣服，一種物極必反的原因吧？如此一個從小就是好孩子、模範生的女孩，怎麼在畢業前夕完全變了一個樣？連孟父、孟母都不敢相信，因為他們一直自信是了解女兒的。

孟心潔和葉天林跳舞時，道出心中的無奈。孟大元一再邀請蘇琪跳舞，蘇琪都婉拒了，她走出大廳與葉天林相遇，兩人言不及義地談著唐風，一直說著唐風的好話。悶悶不樂的唐風，似乎也看出了葉天林與蘇琪之間那種默契與相知相惜，唐風一個人喝著悶酒，往日那種不在乎的態度再也不見了。孟心潔與唐風聊起天來，唐風稱讚孟心潔，說他如果夠資格，他會追她的。顯然唐風醉了，孟心潔也醉了，他們都醉了，在這樣炎炎的酷暑裡。

當唐風的學生發現他今天忘了帶安全帽及鑰匙，然後輪流戴著那寬寬大大的帽子在嘻笑時，唐風已死在一次車禍中了。死得讓人措手不及。

唐風替自己投保了一百萬元的意外險，保險金剛好湊足了孤兒院的籌建基金。保險公司的調查員開始懷疑唐風自殺的可能性。

唐風之死，永遠成了謎，在證據不足的情況下，保險公司賠償了一百萬元給孤兒院。孤兒院為唐風設置了一個追悼靈堂，天林為他的好朋友譜了一首曲子叫〈一陣風〉：唐風的生命，像一陣風，給別人帶來了震撼，自己卻一下消失了。

蘇琪在難過之餘，決心離開臺北，回到小漁港去。她擔心自己會睹物思情，和葉天林之間，更只是一場未完成的夢而已。

在人生的路途中，失去了唐風，蘇琪又一走了之，葉天林又有了那種茫茫然不知何去何從的恐懼。葉鎮國要他辦理復學，繼續念獸醫，念不下，再轉其他科系。葉天林毫無選擇，他又回到了他不喜歡的學校，過著他曾經批判過的那種「萎縮」與「僵化」的生活。

他學著唐風，聳聳肩，沒什麼大不了的，日子還是會跟從前一樣，春去秋來，木棉的葉落花開，那些明明是樹的灌木被剪成各種動物的形象對他而言，已不再那麼刺眼，向臺北說著早安吧，像從前的于真一樣。

——劇終

## 範例二・《擎天鳩》小說第四節與《成功嶺上》劇本第三十一至三十四場

### 《擎天鳩》（一九七八年初版）

〈四〉

開訓典禮舉行過了，也授過了槍，宣完了誓，探親大會也結束了，孩子們似乎都進入情況，只是對於早晨那場分秒必爭的戰鬥，還不完全習慣。一大早，天還陰霾不開飄矇著灰霧，總是有比較緊張的人，會悄悄爬起。躲在蚊帳裡，先穿軍服，再開始折棉被。幾乎是反射動作，有些人就會跟著驚醒過來，掀起棉被就疊。有些人仍在喃喃地說著夢囈，也有人還睡得死沉沉的。值星班長的哨子，卻短而低啞地吹了起來。

「起床！」他喊著。

「十二個稜角，十六條稜線，一點也含糊不了，少了，中午要你們在大太陽底下出棉被操！」值星班長又喋喋不休起來。孩子們就這樣一個個翻身蹲在圖版上面，圖版底下緊壓著的是還蒸著暖氣的棉被，昨夜才剛伴了他們一宿，今晨就如此

「翻臉無情」地又壓又捏起來。魯川沛體重夠，像個壓土機般，差點沒把棉被給榨出汁來。歐英明滿頭汗油，可是掀開圖版，棉被還是隆凸得像蒸籠裡剛出爐的大饅頭，就怪體重不夠，於是他把圖版壓回去，兩手抓住圖版邊緣，雙腳騰空而起，狠狠地踩將下去。

「喀啦」一聲——圖版清脆地斷裂成兩半。

「是誰？」值星班長警覺地轉身，捉賊般的眼睛像青蛙般鼓了起來。歐英明恨不得再藏入棉被裡去，被這麼一吆喝，舉著裂成兩半的圖版，不知所措。

「我來幫你捏稜線，不要急！」旁邊一個人迅速地爬了過來，又是宋清；這種關鍵，彷彿就只有他會出現。

「等下換一個新圖版。」值星班長仰著頭走過來：

「疊棉被要有耐心，也要懂得祕訣，更要沉得住氣，一個棉被都搞不過，還談什麼治國平天下？」

「是，值星班長。」歐英明幾分巴結地朝班長點著頭，這時宋清已經替他捏好了右邊的七條稜線，像庭臺樓閣上烙雕的刻紋，直挺挺的。

歐英明爬到左邊，正想拉出另外七條線，只是剛剛喘氣未平，捏棉被的手，還不停地抖著。

「嗶！」值星班長又昂起脖子，用力地吹哨子來：

「注意，現在下去盥洗，時間三分鐘。」

一陣「風雲起，山河動」床板被震得吱吱作響，孩子們又沒命似地穿上鞋子，上鋪的踩著下鋪的往下跳，爭先恐後擠著出門。

「哇操，李向斌，你把我的臉盆水踢翻了！」唐春秋望著底朝上的臉盆，欲哭無淚，而李向斌已慌忙地跑到另外一頭去，滿口黑人牙膏泡沫了。

「對不起，這叫覆——水——難——收。」李向斌用力刷了兩下大門牙，又在賣弄他剛學來的成語：

「明天我賠你一盆啦！」

「哇操，那我乾脆明天一起洗好了。」唐春秋果真拿起空臉盆，跑回了寢室。

起床號這時才從遙晚的地方，幽幽地吹奏了起來……。

吳排長的刺槍術講解示範完畢，各班帶開練習時，孩子們提著那隻槍像是提著一袋千斤重的包袱，因為他們曾經吃過這種體能訓練的苦頭。

「第五班注意！」沈班長又是標準立正姿勢，兩腿併在一起，連根針也穿不過去。

「我最愛分解動作，因為可以練習你們的臂力，在我沒有喊『二』時，你們不准給我把槍收回來！」

他們最怕「分解動作」這四個字，像一道催命符般令人膽戰心驚。風吹過介壽臺前，一枝枝連旗在臺邊飛飄著，寬廣的大操場，一列列學生們，挺著腰桿在操練，像一列列綠樹根植在那兒。

「用槍！」沈班長仍然一動也不動，立在那兒像座銅像，只有嘴角的肌肉拉扯了一下，口令就從那被拉扯開的口裡滾了出來。

「單桐，頸子要直，眼睛要瞪著前方假想敵人的眼睛，不要心不在焉！」

「曾仲元，刺刀和喉嚨同高，要刺敵人的喉嚨和胸膛，比較躲不掉。」

「原地突刺分解動作，不帶殺聲，口令代表第一動。」沈班長眨了一下眼睛：

「原地突刺——刺！」

這一喊，十隻步槍就時刺了出去，發出了肌肉、骨骼和步槍零件的混合震顫聲。

這一刺出去，就沒得收回了，沈班長開始一個個檢查姿勢，調整槍枝的角度。一開始，還挺神氣的，半分鐘之後，他們就開始皺眉，磨牙，手腳發軟了。一隻隻原來呈九十度的槍，逐漸下沉，萎成六十度、五十度……

何漢雄趁沈班長檢查他下一名時，偷偷把槍放了下來，活動一下筋骨，然後才又恢復原來姿勢。

歐英明的額頭，開始汩汩密布著汗珠，左手的肌肉開始抽搐，但他繃著臉，吭也不吭，雖然也許再堅持幾秒他就要不省人事了。此時沈班長終於下了「大赦令」：

「二！」

低低傳來鬆口大氣的喘聲，他們把槍收回來時，幾乎分不出哪是槍，哪是手了。沒想到沈班長突然又宣布：

「除了何漢雄之外，其他人原地活動一下。」

「這——」何漢雄這下臉可綠了，立刻作出一副被冤枉的自衛表情。

「何漢雄！」

「有。」

「你不要以為剛才摸了條大魚，哼，現在我就讓你摸隻大螃蟹！」

「我——報告班長——我——我沒——」

「用槍！」一點也不通容地，沈班長朝著何漢雄發出口令。就這樣，何漢雄一個人在原地刺了起來，刺刀在烈日下映耀著千萬道威芒，他就「殺，嘿！」地自個兒刺得天昏地暗，不知今夕何夕。

「唉，他真是流年不利啊。」李向斌搖搖頭，似乎頗表同情，但也為自己用對了一次成語，掩不住心裡幾分得意。

下課時間，大家置了槍，原地坐下，依然是向右看齊一條線。

「要上廁所的給我出來。」沈班長又像在幹件正經事地宣布。

「由魯川沛帶班跑步去，五分鐘以後跑步帶回來。」

中午內務成績公布，大家擠在那兒，像看大專聯考放榜一樣。宋清的棉被、蚊帳各被打了一個叉，歐英明的棉被反而得了一個圈，歐英明正樂得想大吼一聲，突然噤了聲；因為他想到早晨宋清為他捏棉被的事，於是他排開了人群，要找宋清道歉，宋清正低著頭，坐在床緣擦槍。

「宋清，我──」歐英明仍是那樣羞澀地。

「我知道了，沒關係，我自己願意的。」

歐英明默默地走到槍架邊，拿起他的那隻槍，回到自己的鋪位上也擦了起來。

沈班長老遠就喊了起來：

「宋清！」

「有。」宋清站起來，握著槍管。

「你是我們班上唯一被打叉的，而且還是兩個叉，中午不必睡午覺了，去連集合場出棉被操。」

「是。」宋清只應了一聲，又坐回床緣，俯首擦槍機的部分。

「報告班長，他——」歐英明結結巴巴地站了起來，想替宋清申辯什麼。

「怎麼樣？你也想參加棉被操呀？」

「哦，不——不。」歐英明搖搖頭，不再吭聲，乖乖坐下，手毫無知覺地摸著槍托。

「要給我記住，合理的要求是訓練，不合理的要求是磨練。」沈班長頭也沒回就走了。

歐英明看看宋清，宋清笑笑，繼續瞇著眼睛檢查槍管。

老士官長曹森源的出現，給了寢室一些騷動，他是個挺風趣的人，平日只喜歡喝兩杯老酒，愛聽別人恭維兩句。因為管經理補給，所以有單獨一間庫房，閒著的時候，就開始靜靜地磨著墨，然後攤開棉紙，拿起大筆就揮起來。

「兔崽子們！」曹森源嘟起嘴：「最近有沒有打野外呀？要打野外才有意思，拿起槍，天上飛過的雁子，哈哈哈！」

「我十七歲的時候，就可以一槍打下兩隻飛過頭頂的麻雀。」曹森源舉起一隻手朝天：「現在只可以一筆畫出兩隻鳥了。」

「這叫一石兩鳥，對不對？」李向斌說著，還比劃了一下。

「兔崽子，你還挺有學問的嘛！」曹森源朝著李向斌笑，他一向對李向斌特別友善，因為知道他是來自已經淪亡的越南。他還特別送李向斌一幅水墨畫，上面勾勒了一些古松，一個被摔在地下的鳥巢，幾隻驚飛的鳥，右上角題著一行字：

「誰謂孤雲意無著？國仇未報老僧羞。」

當宋清捧著棉被，朝連集合場走時，曹森源皺了皺眉頭說：

「兔崽子，要吃得苦中苦啊！」

宋清仍然一逕笑著，端著棉被老祖宗。正午的太陽益加炙烈了，走出寢室，那種燠熱反而因迎面而來的風散走了一些。宋清目送曹森源離去，他想，這是一個古怪的人，一定得找機會接近他。

## 《成功嶺上》劇本

〈第三十一場〉

時間：日

場景：操場

人物：教官鄭心鐵、全體學生、連長

△劈刺教官正在喊口令。

△太陽映著刺刀，映著每個學生面頰上的汗珠。

鄭心鐵：原地突刺分解動作，帶殺聲，口令代表第一動——原地突刺——刺！

△一排步槍上了刺刀，同時刺了出去。

△鄭心鐵一一糾正他們的錯誤。

鄭心鐵：李向斌，頸子要直。曾仲元，刺刀尖和喉嚨同高，刺敵人脖子或胸膛。

△逐漸每個人開始露出受不了的表情，面色泛白，汗如雨下，槍身已無法保持九十度而慢慢下垂。

歐英明：（OS）我的天，就要斷了，斷了（咬著牙）。

單桐：（OS）我操，他的心一定給狗噬了。

曾仲元：（ＯＳ）我是大力水手，我不能倒，我不能倒。

唐春秋：（ＯＳ）白玫瑰，紫茉莉，黑牡丹，啊，請賜給我力量，讓我度過這最長的五分鐘。

但季方：（ＯＳ）哦，主啊，告訴我，我該怎麼辦？

許振邦：（ＯＳ）教官，我叫你老爸，叫你阿公，叫你阿公的阿公。

△每個人都在心中默唸著一些稀奇古怪的話來支撐下去。

△何漢雄摸魚，偷偷把槍放了下去。

何漢雄：求人不如求己，哼……

△魔鬼林站在一旁冷眼旁觀看到何漢雄的不誠實。C.O

〈第三十二場〉

時間：日

場景：操場

人物：教官秦彪、學生、連長

△秦彪在上莒拳課。

△每個人動作都很不一致。

秦彪：馬步正拳攻擊——一！

△一列學生都蹲成馬步，打出右拳。

秦彪：膝蓋要和腳尖成垂直線、挺胸，不要彎著腰，好像蹲在廁所瀉肚子。

△一列人姿勢都不太雅觀，有人想摸魚休息一下。

秦彪：不要心存僥倖——如果你們要摸魚，小心會摸到大螃蟹。

△單桐、許振邦依然趁機鬆懈一下筋骨。

△魔鬼林又靜悄悄地在一旁守候著這些摸魚的投機分子……。C.O

〈第三十三場〉

時間：日

場景：射擊預習場

人物：李德勝、學生們、連長

△射擊預習教練正巡視著一對一對的同學，他們互助將槍架在對方的肩膀上。

△但季方是用左手，於是他瞇著右眼，左眼對在瞄準，李德勝走到他身邊，兩人互看了一陣子，李德勝總覺得有些怪異，一時卻分辨不出那兒出了問題。

△但季方偷看教官，眼光閃躲著。

△魯川沛放下一隻手，顯得很輕鬆，卻不知道背後正立著面無表情的連長。C.O

〈第三十四場〉

時間：夜

場景：連集合場

人物：全體幹部及學生

△晚間點名，以特寫方式，依次介紹人數清點及井然有序之軍隊禮節。

值星班長：值星班長張展光報告——全連應到晚點字官七名士官兵ＸＸ名，實到軍官七名，士官兵ＸＸ名，報告完畢。（敬禮，退下）

值星官：值星官朱守信報告——（以下如前）

△速度極快，夾著一股威力，很震撼人的動作，畫面上只有面部大特寫。

△鏡頭移到隊伍另外一邊，是何漢雄、單桐、許振邦、魯川沛四人舉槍半蹲、又好笑、又可憐，他們是白天摸魚被處罰的。

魔鬼林：你們一定不太習慣我，我也不太習慣你們，不過我們互相學會習慣吧。出操上課，偷雞摸狗，就是騙過了班長，也騙不過排長，就算騙過了排長，也騙不過我，就算騙過了我，也騙不過你們自己的良心，報告完畢，解散。C.O

# 編劇的
# 六種科學方法

# 田野調查 如同化學中的結晶原理

「創作不能只停留在技術層面，而是思想的、態度的徹底改造，這也是劇本創作的真諦。」

The Battle of Erdan

血戰大二膽

**導演**・張佩成 **編劇**・小野、王小棣 **發行**・1982

E.T. the Extra-Terrestrial

E.T. 外星人

**導演**・Steven Spielberg **編劇**・Melissa Mathison

**發行**・1982

School Girls

國中女生

**導演**・陳國富 **編劇**・小野 **發行**・1989

**片單便利貼**

Everlasting Glory

英烈千秋

**導演**・丁善璽　**編劇**・丁善璽　**發行**・1974

800 Heroes

八百壯士

**導演**・丁善璽　**編劇**・丁善璽　**發行**・1975

The Battle for the Republic of China

辛亥雙十

**導演**・丁善璽　**編劇**・丁善璽、小野
**發行**・1981

想從事編劇，田野調查是最基本的功課。因為編劇得將故事中的所有情況——包括人物角色說話的口氣和內容，都得弄得一清二楚，要達到如此的境界，除了非常詳盡的田野調查外，實在沒有其他捷徑。那麼，田野調查要進行到怎樣的程度才可以進行編劇工作呢？我想到了一個化學現象，那就是飽和溶液在溫度升高或是降低時，比飽和溶液含有更多溶質，如果放入一根攪拌棒，過飽和溶液就會迅速形成結晶。結晶就是我們在從事編劇工作時可以動手的時刻：你所做的田野調查已經飽和到不能再增加任何東西了，你有一種非寫下來不可的衝動，這是編劇的初步。

不過，也不要因為這個比喻而誤會越忠於現實的劇本越好，透過田野調查之後，你也可以在形式或類型上做出某種程度的轉化，成為不一樣的類型電影，例如黑色幽默或是藉古諷今的劇本、甚至科幻的劇本。但是不管你最終要選擇哪種類型，田野調查都是必要的過程。

當我下定決心把電影編劇當成未來的職業，甚至志業時，帶著這樣的創作觀念和態度工作，卻遇到了很大的挫折。剛進入中央電影公司時，我接到上級指令，要我編寫一個關於辛亥革命的電影劇本，於是我展開了自以為是的田野調查，除了閱讀大量的史料之外，也想要掌握幾位革命黨人的生活習慣和語言。例如在革命爆發的前夕，革命黨人在武昌城小朝街八十五機關部集合，劉復基打開「機器戲」（用留聲機播放的戲曲），聽起戲來，希望能藉此安定現場躁動的人心，尤其是屋內除了新軍之外的婦孺們。彭楚藩要求蔣翊武看熟攻守地圖，又叫弁鴻勛主筆，將每個人的姓名和歷史寫下來，戰死後至少留下一個名聲。我想將這些革命黨人的恐懼和人性表現出來。另外，就是最難的武昌城內通俗的慣用語，例如「嚇白了」、「扯皮拉筋的」、「毛絞了」、「看什麼戲——棉花戲癲痢」等。不過這些田野調查在遇到大導演時，他笑了起來。他舉了過去他拍過非常轟動的《八百壯士》和《英烈千秋》說：「英雄就是英雄，不必描述他們人性的弱點。」我向他提出自己正在進行的，另一部張佩成執導的戰爭片《血戰大二膽》的編劇工作，其中也呈現了國軍部隊真實的面貌，包括文盲、體弱多病。導演回了我一句話：「如果可以這樣拍辛亥雙十，我頭給你。」後來《辛亥雙十》獲得該年度金馬獎最佳影片，劇本是導演自己重新寫的，我寫的那一份經過大量田野調查的劇本，留在抽屜自己欣賞，也早已消失了蹤影。

那是一九八一年前後的事，不過隔年，中央電影公司內部發生了一場像「辛亥雙十」一樣的革命，有類似「同盟會」和「興中會」的成立，那就是影響臺灣電影史深遠的「臺灣新浪潮電影」，一群年輕的電影工作者有著和上一代不同的電影編劇觀念，紮實的田野調查功課是他們在拍片之前最重要的事情，不管故事是選擇哪一個時代。而我也在那樣的革命氛圍下，對「田野調查」這件事有了更深刻的理解，並且有了更多的實作經驗。

所謂更深刻的理解「田野調查」，便是在整個調查的過程，找到自己獨特的觀點，見到別人沒有見到的、想到別人沒有想到的，你所得到的「結晶」才會更多更美好。如果用學歷史來做比喻，背誦大量的歷史不如在其中找到自己的歷史觀，可是，我們長期的歷史教育卻反其道而行的——僵化教育嚴重限制了我們的判斷力、想像力和思考力，這對於一個創作者是很不利的。於是我想到了一部曾參與編劇工作的電影《國中女生》，那已經是我離開工作八年的中央電影公司後，在一九八九年的事情。

《國中女生》是陳國富導演的處女作，他在執導這部電影之前，協助過許多臺灣新浪潮電影的重要導演，如楊德昌、侯孝賢等，完成他們創作生涯中的重要作品，但是他仍然保有自己對電影的獨特看法，於是找我來和他一起完成第一部作品，他的故事構想很簡單，但是我們得做大量的田野調查，目標就是針對九〇年代國中生的生活。現在回想起來，我當時要做的研究對象正是目前臺灣人口結構中次大的一個「教改世代」族群，大約是從三十五歲到四十五歲之間的社會中堅分子，關於他們的「青春期」，一個完全不同於戰後嬰兒潮世代的青春哀歌。對我而言，也重新開啟了一個全新的視野和心理準備，迎接自己兒女即將到來的青春叛逆期，這也是除了編劇本身的需要之外更大的收穫。

我們田野調查的進行方式除了訪談之外，還直接去校園內觀察，甚至從垃圾堆撿拾國中生們丟棄的作業，尤其是週記本，藉此了解他們之間的語言和流行文化。在「文字」還是我們這個世代最方便溝通工具的年代，我甚至在完成劇本之前，把兩個女主角秀秀和小莉的心情和對話，用小說體的方式完成。在這之前，我遇到過的導演中，以楊德昌最擅長用這樣的方式和編劇溝通，我手邊至今還保留著他當年為了和我溝通所寫的長篇人物背景分析，或是很長的故事大綱，而我這次乾脆把分場大綱用小說的形式來創作，這樣有助於電影劇本的完成。

在我們田野調查過程中最驚訝的是，有些學校因為學生有幫派、吸毒的問題，校園已經有固定的駐警，而且把這些孩子們集中在同個班上，連課桌椅的擺放方式都不同。有一個班級門口的課表是這樣寫的：「國文老師：聖戰士。音樂老師：張雨生。體育老師：鄭志龍。理化老師：E.T.。英文老師：麥可．傑克森。數學老師：天才老爹。班長：乖乖虎。」

那時的國中生迷的是張雨生，唱〈我的未來不是夢〉，他們的偶像是麥可．傑克森（Michael Jackson）和雙手灌籃的鄭志龍，最轟動的電影是《E.T.外星人》，大家會伸出食指互相傳遞訊息。女生霸凌女生時會剪對方的眼睫毛，愛玩的孩子會約在叫做「ＫＩＳＳ」的地方，對著雷射光影吼叫揮手，聽搖滾樂團Europe唱〈The Final Countdown〉，在電玩店打「雙截龍」。

我們撿到一本國中生的週記本，上面這樣寫著：「國、內外新聞——天下本無事，庸人自擾之。週訓與實踐規條——人是為愛而活。師長訓話：失敗為成功之母，反省為成功之父，父母結合才能生出鄭成功。得失記載——人生有得必有失、有失必有得，是同時發生的。」從週記的格式可以看到臺灣體制內教育依舊形式化、教條化、僵化，但學生們早已洞悉這一切，並苦中作樂，和老師開玩笑或是學會虛偽世故，滿紙八股教條迎合老師。這次調查對我而言，不只是完成電影劇本，也開啟了我之後十年、甚至更久的投入和參與臺灣教育改革。

當時才在讀國中或國小的世代，被統稱為「臺灣教改潮流」下的「教改世代」。臺灣教改的成敗有極複雜的社會及教育當局的結構性因素，但是教育的多元化，包括實驗教育的興起，成為了一種不可擋的潮流，九〇年應該就是體制開始鬆動的起點。

《國中女生》雖然在票房上沒有獲得重大成就，但從長遠的趨勢看來，的確是一部有「先見之明」的電影，這是思想敏銳開放的陳國富導演提出的一個警訊，在幾年後的教育改革浪潮席捲全臺灣時得到證明。而我對臺灣社會的觀察和投入，也正式從電影界轉向教育界，用大量的創作針對臺灣的體制教育提出了批評和建言。這樣的態度一直持續到四分之一個世紀之後，我仍然在臺灣教育的改革現場，沒有放棄。

這正是田野調查的魅力所在，它不只是為了創作的需求而進行，還可能改變你的人生觀和人生態度，更可能改變你人生的方向，這也是我為什麼用飽和溶液在溫度升高或降低時所發生的結晶現象來比喻田野調查。對我而言，那次的田野調查在我的思想上所產生的結晶，已經遠遠超過了一個電影劇本的需要，這個結晶使我持續了三十年對臺灣教育的關懷和行動。

◆

創作不只是狹隘的、只停留在技術性的層面，而是思想的、態度的徹底改造，這也是劇本創作的真諦。

《國中女生》是陳國富第一次當導演的作品，他對於自己想要拍什麼有個方向，我能夠協助他的，是從文學角度來詮釋故事中兩位女生之間比較細膩深情的部分，於是我決定寫一個過去很少見的「分場大綱」，用書信體的方式，推動情節的發展，我採取了類似小說的寫法，在每一場的敘述中，自然地帶出人物、對白和情節。因為最後要動手完成劇本的還是我，我就根據自己的分場來完成劇本，後來這個分場大綱也很自然地成為一篇小說。

一般而言，分場大綱是把電影劇本的每一場戲的內容詳細描述，和導演詳細討論修改後，再依據大綱完成最後的劇本。但隨著不同編劇的創作習慣而有所不同。八〇年代在臺灣有不少原本寫小說的作家投入電影編劇的行列，除了帶給臺灣電影更多的文學氣息之外，也改變了一些電影劇本創作的方式。從某個角度而言，劇本尚未拍攝成電影前，應該也是屬於文學的，也是可以閱讀、保存，而不只是一份用來和導演溝通的工具，這是八〇年代之後，劇本創作最重大的改變。

**範例三・《國中女生》分場大綱（第一至十九場），請見p.174**

# II 故事選擇 如同醫學中的顯微切片

「找到一個最適合、最容易反映主題的故事，再找到一種最適合這個主題的風格。」

**Paris, Texas**
巴黎・德州
**導演** ·Wim Wenders
**編劇** ·L.M. Kit Carson、Wim Wenders
**發行** · 1984

**Wings of Desire**
慾望之翼
**導演** ·Wim Wenders **編劇** ·Wim Wenders
**發行** · 1987

**Until the End of the World**
直到世界末日
**導演** ·Wim Wenders **編劇** ·Wim Wenders
**發行** · 1991

**Contagion**
全境擴散
**導演** ·Steven Soderbergh **編劇** ·Scott Z. Burns
**發行** · 2011

**Salt and Fire**
鹽與火之歌
**導演** ·Werner Herzog **編劇** ·Werner Herzog
**發行** · 2016

### 片單便利貼

**Signs of Life**

生命的訊息

**導演**·Werner Herzog **編劇**·Werner Herzog
**發行**·1968

**Aguirre: The Wrath of God**

天譴

**導演**·Werner Herzog **編劇**·Werner Herzog
**發行**·1972

**Ali Fear Eats the Soul**

恐懼吞噬心靈

**導演**·Rainer Werner Fassbinder
**編劇**·Rainer Werner Fassbinder **發行**·1974

**Kings of the Road**

公路之王

**導演**·Wim Wenders **編劇**·Wim Wenders
**發行**·1976

**Fitzcarraldo**

陸上行舟

**導演**·Werner Herzog **編劇**·Werner Herzog
**發行**·1982

先解釋一下什麼是「顯微切片」。如果我們想要觀察生物體的某部分組織，我們的方法是取得這個部分，固定這個組織，再用石蠟包埋這組織，方便我們切成大約只有五到十公釐的超薄片。為了易於觀察，我們用不同的染料把切片內的細胞區分，例如用 Hematoxylin 把細胞核染成藍色，用 Eosin 把細胞質染成紅色。當然，還有一些特殊的染色法。大學時代上顯微切片技術課時，在交切片前最常聽到的是同學之間相互求援：「你還有沒有大腸？分我一片好嗎？」「啊，我的心臟碎了，誰可以幫我？」「啊，我的血管好漂亮！」

大學畢業當完兵，我應徵了陽明醫學院的助教兼研究員，常常一個人靜靜地坐在高倍顯微鏡前仔細觀察切片，也正是在那時，我開始替不同的電影公司寫不同的劇本。對我而言，其實科學和文學並不那麼遙遠，甚至，有著相同的邏輯。這樣的想法一直到我大量看到德國新浪潮時期的電影時，有了更深刻的領悟。

故事的選擇如同醫學上的顯微切片技術，田野調查之後的材料便是我們已經固定、包括埋在石蠟中的組織，再來的兩個動作便是我們選擇要從那一個角度切，要用什麼染料染不同的部位？這兩個動作就像是「故事的選擇」：選擇如何用那一個薄片（故事）來解釋組織（時代背景、社會狀態、人物處境和不同的主題，例如孤獨、歧視、宗教、貧窮、人性等），選擇用什麼染料來染切片，便是我們說故事的方法，用在電影上便包括形式、結構、美術、音樂等。也就是說，當你選擇了一個故事時，不是只有角色和情節，還有說故事的方法。「切片的角度」和「染色的方法」用更直接的說法：前者是找到一個最適合、最容易反映主題的故事，後者是找到了一種最適合這個主題的風格。

◆

我試著用兩位我最喜歡的德國新浪潮導演及作品，溫德斯（Wim Wenders）的《巴黎．德州》和荷索（Werner Herzog）的《生命的訊息》，來解釋一下我的編劇方法。先從溫德斯的《巴黎．德州》說起。在美國南方的德州有一個小鎮叫做「巴黎」，但是在德州的小鎮巴黎不是法國的大城市巴黎，所以就觸及故事的核心了：「人們往往不能面對真實的世界或是最親密的愛人，只能存在彼此的想像中。人與人之間因此有了一道無法穿透的牆，愛情也因此變得不可信。有人只是用愛情填補內心巨大的空虛，最後演變成嫉妒、控制、暴力相向，互相傷害。」

整部電影一直到了最後，夫妻在色情場所隔著一道牆，不敢正視對方的情況下，才能娓娓互道心聲，我們也才知道這段婚姻故事如何由幸福甜蜜到狂野，以暴力、逃離收場。我們才恍然大悟，從電影一開始出現在荒涼沙漠中的那個男人，為什麼始終不能開口說話，荒蕪、空洞、空虛、痛苦的眼神，在一望無際的荒漠，緩緩地展開這部公路電影。

故事切片的染色技術中，就是循著故事線染出了最後的真相：原來隱藏在平靜故事背後的，是狂暴熱烈如火焚身的橘紅、憂鬱絕望的深藍。不過所謂的染色，當然不只是電影的色調，而是電影的全部元素，包括故事情節，連孤寂的吉他聲也是。染色的意思便是找到電影的敘事脈絡和風格。

整部電影用三段公路旅程來連結。先是男人在一場未知的災難中逃走後人間蒸發，終於被住加州的弟弟從德州南方帶回家的沙漠旅程。第二段旅程是男人漸漸接近兒子，想要重新撿回曾經有過的甜蜜幸福關係。最後一段旅程是父子一起開著破卡車，去休士頓尋找失蹤的女人。最後雖然找到了女人，但不是團圓，而是男人醒悟到自己必須再離開，回到原本荒蕪的狀態，那才是真正的自己。用更具體的組織切片來做比喻，染出來的血管便是那三段連結及承載著情節的公路；粉紅色細胞質便是寬闊的藍天灰雲和黃色荒漠；藍色的細胞核便是透過這些情節反映出導演想要表達的主題：「不能夠面對真實的愛，是如此狂暴和荒蕪。」簡單地說，染色便是創作者想要給觀眾「看」到什麼？「發現」什麼？「感受」到什麼？

同樣的切片和染色技術，大致都適用於溫德斯的公路電影（各種交通公具如火車、輪船，甚至飛機）。如《公路之王》、《慾望之翼》、《直到世界末日》：血管是道路、航線，浩瀚無垠的大自然是細胞質，故事情節都很相近，那些充滿悲憫情懷下的空虛、流放、寂靜、孤獨、疏離和無法溝通，正是染色下的細胞核。

曾經習醫又習畫的溫德斯是個存在主義者，他深受美國文化的影響，也崇拜日本導演小津安二郎，其實，他的每部電影都在尋找二戰後德國失去的靈魂，他透過作品一直走、一直走，從德國走到美國，又走到世界盡頭。或許是醫學的訓練，使他的電影有一種科學的理性和清楚的邏輯。

◆

我很年輕的時候，在德國電影中心看到的第一部德國新浪潮電影，正是荷索的《生命的訊息》，當時不懂他想說什麼。隨著年紀增長，又繼續看了更多荷索的電影後，就更了解他想要表達的主題了。《生命的訊息》故事非常簡單，描述在二次大戰時一個受傷的士兵被送到希臘雅典南方的伯羅奔尼撒島，守護一個海邊的碉堡。這個半島曾經發生過許多歷史上的大事。其中像雅典和斯巴達之間的伯羅奔尼撒戰爭，從西元前四三一年打打停停到西元前四〇四年，最後斯巴達勝利。導演挑了這個充滿了歷史古蹟、文化遺址的場景是有深意的。因為對於一個暫時可以逃離戰場的傷兵史托斯基而言，充滿歷史感、象徵文明和禮俗的小島，就只是一個遠離塵囂的世界，可以休養生息的地方。但是，漸漸地，他開始覺得無聊，開始失去任何期待，更找不到任何存在的意義，他知道自己的精神即將崩潰了。

隔著一條橋的對面，是有人居住的小鎮，到了夜晚橋便封鎖。他漸漸被這樣的孤立和隔絕逼得瘋狂，在他巡邏的無人小徑上有一排不停旋轉的風車，他像唐吉軻德一樣把風車當成是攻擊自己的敵軍，不停地奔跑，最後進入恐懼而狂暴的狀態。彷彿重返戰場，他勇敢佔領海邊整座歷史古蹟，把鎮上居民當成是敵人，向他們瘋狂地掃射。揚言要用炸藥炸毀小鎮，消滅住在城市內的敵人。炸藥在天空爆炸後，如同燦爛的煙火，更加覺得寂寞和悲傷。在這樣的故事切片中，陌生造成的隔絕和恐懼導致瘋狂和荒謬，是藍色的細胞核，藉由陌生又充滿古文明的半島所建構的極簡情節，是粉紅色的細胞質，那一條條繃緊到要斷裂的神經，正是荷索電影情節中一再出現的偏執到底、荒謬絕倫的怪誕行為，如風車、炮彈變煙火。荷索在這個簡單的故事切片中，找到了一種染色過的強烈影像風格。四十年之後，我仍然記得那些德國電影中表現主義的影像，例如橋對岸小鎮迷濛的燈火、一個浩瀚如海湧的風車橫移鏡頭、一列列向後倒退的山脈樹林、在孤立山坡上盤旋不止冒著煙氣的卡車，甚至連島上的蟑螂、蒼蠅都可以感受到傷兵的孤寂。電影迷人之處，便是這樣在影像音樂上的染色工夫所建立的形式，是其他藝術無法取代的。

這樣的染色也適用於荷索後來的許多作品，一部比一部瘋狂，如《天譴》、《陸上行舟》、《鹽與火之歌》。他不斷地想要探索，處於文明和大自然中人類內在心靈的蠻荒和騷亂，也反映出戰敗後的德國社會和年輕人共同的失落、頹廢和絕望。

◆

記得初次遇見導演楊德昌時，發現他也喜歡這幾位德國導演的作品。他曾經在和我討論電影劇本的過程中遇到了瓶頸，於是弄來一本溫德斯的《巴黎·德州》英文劇本，要和我一起研讀。楊德昌導演在八〇年代中期，陷入創作低潮時，來找我一起編劇。

當時他有三個故事：《牯嶺街少年殺人事件》、《恐怖分子》和《太平日子》。和有科學背景的他討論劇本也充滿了科學思維，其實也非常接近這幾位德國導演創作時的科學思維。更巧合的是，他那三個故事各有不同想用的風格，也符合了這幾部德國電影的幾種風格。《太平日子》的冒險旅程神似溫德斯的「公路電影」，例如《巴黎·德州》。還有《牯嶺街少年殺人事件》中反映外省人來到臺灣的陌生和不安，最後導致瘋狂的主題，和荷索一直喜歡把場景拉到世界各地的主旨非常接近，例如《生命的訊息》。《牯嶺街少年殺人事件》中的外省人逃離中國大陸，來到異鄉的臺灣，那一種認同上的困難直到現在還困擾著整個臺灣社會。另外《恐怖分子》也接近法斯賓達（Rainer Werner Fassbinder）最擅長的，在多層次的空間中藉由人物所傳達的社會狀態訊息，例如《恐懼吞噬心靈》。

後來，我真正和楊德昌導演一起從編劇到完成影片的只有《恐怖分子》，《牯嶺街少年殺人事件》只進行到「分場大綱」便停止，原本只是一個簡單的愛情故事，五年後成了一部探討外省群眾「異己存在」的史詩級電影。而原本架構在以臺灣開放兩岸探親為背景的《太平日子》胎死腹中，倒是虞戡平導演找了吳念真編劇、也同樣以探親為背景的《海峽兩岸》完成了，為那個兩岸互動的時代留下了見證。我此刻只能用自己為《太平日子》寫的卷頭語，為胎死腹中的劇本聊表紀念：「性與冒險，是這一趟旅程的主題：這是一個不確定的年代，第二代外省人處在一種尷尬的焦慮、不安和挫折感中。因為上一代的根源越來越淡了，未來的展望從何處著眼？」後來隨著我們的劇情發展，我又改了幾次片名，如《港都夜雨》、《同鄉會》，每改一次片名，就表示我們在切片的「染色」上又有了新的想法。前者是「向本土文化認同」，後者是「永遠背負的傳統和根源」。

所以，我們可以說，楊德昌的電影作品很適合用來解釋故事選擇，包括切片的角度和染色的方式。因為他是我見過最能夠用自己的作品，重複反映出處於不斷變動、在極端矛盾狀態下的臺灣戰後社會、文化和思想的導演，這和德國新浪潮導演的作品有共同屬於國族的鄉愁。如果你追問我一個關鍵問題：「對於這幾部電影，包埋在石蠟裡的組織是什麼？他們藉由作品『切片』想要觀察什麼？表達什麼？」我想，答案應該是他們的電影反映出二次大戰之後，戰敗的德國的空虛、頹喪、失落，和因日本戰敗一夜之間成為戰勝國的中華民國更複雜的歷史，各個不同時期人民集體的精神狀態和社會的變化。每部作品都在這樣的時代氛圍和歷史轉折點上找到了不同的主題，例如族群、隔離、歧視、信仰和愛，各自選擇了一個他們覺得最適合的故事切片。

我曾在編劇實作課上，要學生們練習從田野調查到故事的選擇，我給的題目是他們（甚至他們的父母輩）都非常陌生的「白色恐怖」。正因為陌生，所以田野調查才更顯得重要，透過大量的資料和訪談（配合其他田野調查的課程），達到飽和溶液要結晶的程度，再寫一個如同顯微切片的故事，反映出白色恐怖時代的種種。很意外的，才十五、六歲的學生們，都能在這樣的課程下完成了不同的故事。

如果再有機會開課，我想到了一個和遙遠的「白色恐怖」不同的田野調查和故事選擇的新題目，那就是全球新冠肺炎病毒大災難。先做田野調查，再從其中找到一個故事，可以只反映臺灣，也可以反映世界各地，也可以兼容並蓄。當我們聽到每天疫情中心在報告確診人數是境外移入或是本土病例時，為了保護個人的隱私，通常都只報出簡單的身分年齡和發病時間，其實對於一個初學編劇的人而言，想像力配合創造力，從無到有的編劇練習已經被啟動了。

以病毒肆虐為背景的電影不少，其中令我印象深刻的，是由麥特．戴蒙（Matt Damon）主演的《全境擴散》。故事描述一位去香港工作返回美國後，發病死亡的女子貝絲，她的兒子隨後也出現發燒、咳嗽的症狀，兩人相繼死亡，主角麥特．戴蒙飾演貝絲的丈夫，在飽受家人們驟逝的痛苦外，竟然發現了妻子在出差途中的一段祕密——原來妻子有外遇對象……在如此災難中不斷有假消息傳出，傳播吃了什麼藥或是食物可以治病，引起許多陷入恐慌的群眾們搶購。在如此混亂瘋狂如同世界末日的情況下，所有殘酷而真實的人性一一被揭露。這些現象不也正在當下此刻的世界重演著？

我有一個在紐約研究病毒的科學家同學，每隔一段時間就把他對這次病毒擴散的觀察分享給大學同班同學，他觀察的角度正可以提供我們選擇故事的參考。例如地球表面成為培養病毒的培養皿，可以觀察到不同國家、不同人種、不同制度底下的實驗結果，這個結果可以顯示不同的民族性格。如果縮小範圍到一個社會，病毒也考驗著這個社會結構下的人民生活、價值和行為。

人性黑暗面一如病毒，會傳染擴散，發生許多匪夷所思又怪誕荒謬的故事，我們姑且稱這樣的編劇課程為「病毒編劇學」吧！

# III 人物關係 如同化學中的化學反應

「如果人物關係如同化學反應，那麼可能影響反應的因素非常多。」

Phantom Thread

霓裳魅影

**導演**·Paul Thomas Anderson
**編劇**·Paul Thomas Anderson **發行**·2017

Wonder Wheel

愛情摩天輪

**導演**·Woody Allen **編劇**·Woody Allen
**發行**·2017

The Insult

你只欠我一個道歉

**導演**·Ziad Doueiri
**編劇**·Joelle Touma、Ziad Doueiri **發行**·2017

The Favourite

真寵

**導演**·Georgios "Yorgos" Lanthimos
**編劇**·Deborah Davis、Tony McNamara
**發行**·2018

**片單便利貼**

Shadowlands

影子大地

**導演**·Richard Attenborough
**編劇**·William Nicholson
**發行**·1993

Match Point

愛情決勝點

**導演**·Woody Allen **編劇**·Woody Allen
**發行**·2005

Irrational Man

愛情失控點

**導演**·Woody Allen **編劇**·Woody Allen
**發行**·2015

Café Society

咖啡・愛情

**導演**·Woody Allen **編劇**·Woody Allen
**發行**·2016

如果要我告訴編劇的初學者如何開始學習編劇，我會提出一個最簡單的方式：是找一個有三個角色的故事，然後思考這三個人之間的關係，而這些關係要像化學反應那樣產生新的物質，而且變化越大越好，才會產生戲劇的效果。例如孩子和父母親、愛情婚姻中的三角關係、公司老闆所依賴的兩個人。人與人的關係其實是很複雜的，戲劇所關注的正是這種複雜且曖昧不明的狀態，甚至不容易被發現的灰色地帶，在這種複雜關係中產生了新的「物質」，那就是編劇最需要的情節和故事。缺少了這樣的化學變化，是無法進行編劇工作的。

為什麼要採取三個角色呢？因為當第三個角色介入時，會打破原有兩個人的秩序和平衡，這也是化學反應的特色之一，當原有的平衡被破壞了，能量釋放出來，化學反應才得以進行。人與人之間有哪些可能的關係呢？最簡單的便是相愛、權力、依賴、敵對、互利、信賴等，可是每種關係又各自有它的深淺和變化，於是就會有另一種幽微的曖昧關係，曖昧不只限於愛戀，也存在於其他的糾纏關係中，如權力、依賴、互利等。在我所看過的電影中，有一部電影《真寵》很適合做為化學反應的範例，因為編導已經把三個角色之間那種權力、依賴、相愛、敵對的關係用八個段落的標題顯現出來了，那就是：⑴這泥巴好臭；⑵我很害怕糊塗和意外；⑶好一身打扮；⑷小小阻礙；⑸要是我睡著滑下去怎麼辦；⑹防止感染；⑺放著，我喜歡；⑻我夢見我刺你的眼珠。

在這八個段落中，故事中三個角色之間的權力關係不斷消長，依賴關係改變，信賴關係也產生了動搖，但是最精采的，是這些關係又彼此牽動，造成了另一種混雜的曖昧關係，每一次的改變，就是一次化學變化，劇本因此得以飽滿而豐富，獲得藝術和商業兩方面的成就。

安妮女王卸去了華麗的披風，轉身詢問她的閨密莎拉說，今天自己的演講表現如何？旁邊有幾隻兔子跑過。安妮要莎拉矇住眼睛進寢室，向她展示一座皇宮的模型，那是她要送給莎拉的城堡「布倫海姆宮」，這座城堡後來就屬於英國最顯赫的馬爾堡公爵家族，馬爾堡公爵便是莎拉的夫婿。從安妮女王和莎拉之間互稱「莫利夫人」和「自由人先生」，可以看出這兩個女人從小便建立起來的深厚情誼，甚至是愛情。這就是十八世紀初英國歷史上真實的故事，兩個女人深厚但是卻曖昧的關係，曖昧包括莎拉在宮廷內干政，夫婿又是在前線統領大軍和法國打仗的主帥，但是安妮女王卻又要展現權力在自己手上的事實。這樣的曖昧給了另一個角色有機可乘，她就是從鄉下來皇宮向表姊莎拉求職的艾碧嘉，她的出現使得原本看似牢不可破的閨密關係，產生了第一次化學變化，那就是「這泥巴好臭」。

在莎拉眼中的艾碧嘉，像是直接從臭水溝爬進皇宮的老鼠，渾身都是泥巴味，這意味著莎拉根本沒有把艾碧嘉放在眼中，因為連安妮女王都得接受她直白而刻薄的諷刺，承認自己像是一隻驢。在這一段的情節中，艾碧嘉還被廚房其他的女僕霸凌，在擦地板時灼傷手掌，但是也因為如此，艾碧嘉去外面找到了一種藥草敷在自己傷口，她靈機一動地趁虛進入皇宮，把藥草敷在安妮女王痛風的腿上，這使得三人的關係終於產生化學變化，迅速進入到「我很害怕糊塗和意外」。

「我很害怕糊塗和意外」這句話出自莎拉在聽到艾碧嘉向她

暗示，自己其實已經知道了安妮女王和莎拉之間「不可告人」的隱私時，忽然舉槍對著艾碧嘉射擊，其實槍是沒有裝填子彈的，如果不小心裝上了子彈便是糊塗和意外了。顯然她們三人之間的關係變化太快，艾碧嘉已經脫離了廚房女僕的身分，可以陪在莎拉旁邊一起侍候安妮女王了，而且艾碧嘉也立刻掌握到足以威脅安妮女王和莎拉的把柄，這樣的關係到了「好一身打扮」時，艾碧嘉和安妮女王已經可以一起打牌，並且傾聽安妮女王向她訴說內心無法磨滅的悲劇：她曾經生過十七個孩子，但是沒有一個可以活到成年，宮中那十七隻兔子便是她為了紀念那十七個夭折的孩子而飼養的。

◆

如果人物關係如同化學反應，那麼影響化學反應的因素非常多，包括溫度、物質濃度、催化劑等。在這個以三個女人為主的故事中，男人像是丑角一般的存在，彷彿只是為了取悅女人而生存，但是他們之間的鬥爭，也牽動著三個女人之間的關係發展，像反對黨領袖哈利企圖拉攏艾碧嘉，艾碧嘉也藉著條件交換，改變自己的階級身分。哈利強烈反對用加稅來支持戰爭的持續，而莎拉卻一再逼迫安妮女王宣布加稅，因為她的夫婿可以藉著戰爭一再壯大自己的地位和勢力。這樣的緊張關係也成了化學反應的催化劑，加速三個女人關係的改變，於是來到了「小小阻礙」。

「小小阻礙」是莎拉發現反對黨領袖哈利搶在安妮女王正要宣布加稅時，先發表了一段讚美女王體恤百性疾苦的演講，使得安妮女王無法宣布加稅。在莎拉心中哈利這種行為只是「小小阻礙」，真正的大阻礙已經發生了，因為艾碧嘉已經登堂入室和安妮女王有了一夜情。所有的改變到此翻轉，艾碧嘉在安妮女王心中的地位已經漸漸凌駕了莎拉。但是莎拉也知道她和安妮女王的深厚關係並不是那麼容易被取代，於是她利用和安妮女王一起洗泥巴浴時，再度勾起了她們之間那段彼此相愛相依賴的互信關係，把劇情推向了她們新的關係「要是我睡著滑下去怎麼辦」。這句話出自躺在泥巴浴中的安妮女王，她對著一起坐在浴缸中洗泥巴浴的閨密莎拉笑著說，兩個人又在扮演起「莫利夫人」和「自由人先生」的遊戲，這是艾碧嘉永遠無法取而代之的親密關係。艾碧嘉終於下了毒手，在給莎拉的茶裡面下了藥。當莎拉獨自一人騎馬狂奔出城，之後摔下來被奔馳的馬拖著跑時，艾碧嘉重掌大權，笑看著宮中權臣向一個赤裸的男人丟擲番茄的遊戲。

「防止感染」便是莎拉被送進妓女戶，人生跌入谷底如生活在地獄的情節，她的傷口被塗上消炎藥為了「防止感染」。而艾碧嘉就在莎拉失蹤的這個大好時機，在安妮女王的安排下，嫁給反對黨首領哈利的搭檔，改變了自己的身分和階級。但是，她最恐懼的事情還是發生了，莎拉帶著臉上深深的傷痕返回了宮中，打了艾碧嘉一個耳光。但是，此刻的艾碧嘉已經不是當年從臭水溝爬出來的女僕身分，她已經和莎拉勢均力敵平起平坐了，於是她們之間的關係來到了「放著、我喜歡」這一段。在這一段關係中，艾碧嘉完全取代了莎拉原有的權力，影響了安妮女王宣布停戰、不加稅，並且更換了原來和莎拉勾結的首相高多芬，由反對黨領袖哈利取代。而莎拉原本想用公開兩人情書來威脅，做最後反撲，卻惹怒了安妮女王，將她徹底趕出皇宮。事實上，莎拉已經把這些情書焚毀了，但是再也喚不回安妮女王的信任。

莎拉離開後不斷給安妮女王寫文情並茂的情書，但是都被艾碧嘉攔截下來，這時安妮女王和艾碧嘉的關係反而貌合神離起來，三個人的關係又有了新的化學變化，進入「我夢見我刺你的眼珠」。這句話是莎拉在寫給安妮女王信中的句子，仍然句句刻薄，卻反映了兩人之間可以相互咒罵但又熱烈相愛的濃情密意。一個已經離開的莎拉，卻主導著兩個宮中女人的情緒。失去莎拉的安妮女王失魂落魄地無法處理朝政，躺在大床上呻吟，而一再攔截莎拉來信的艾碧嘉，卻在讀到莎拉寫給安妮女王的信時流下了眼淚，因為她知道自己永遠無法取代這兩個女人之間的情誼。最後，安妮女王無意間瞥見艾碧嘉用腳踩著象徵她失去孩子的兔子時，終於完全明白身邊這個女人是多麼的惡毒了。於是她藉故跌倒，並且要艾碧嘉替她按摩腿，她故意用手按著艾碧嘉的頭，用力地壓下去，就像艾碧嘉用腳踩她心愛的兔子一樣。這就是安妮女王和艾碧嘉最後的關係：權力、敵對、充滿恨意。

如此複雜多變的人物關係，在化學反應中有沒有合適的解釋呢？或許可以用「可逆反應」來描述。也就是在封閉系統中反應物可以變成生成物，生成物也可以轉變成原來的反應物。如果安妮、莎拉和艾碧嘉分別是A、B、C，那麼可逆的反應式便是：

**AB+C ⟷ AC+B**

◆

同樣以三人的關係建立起來的電影其實很多，《霓裳魅影》是其中一部令人難忘的作品。電影中的三人關係表面上和《真寵》有點像：一個新的闖入者，翻過了一道又一道的高牆，來到了原本只有兩人相依為命的城堡，逐漸瓦解改變城堡的主人。但是《霓裳魅影》中的三人關係並不局限在《真寵》裡的權力、嫉妒，它更深入到角色各自的核心世界，他們彼此不同的價值觀、成長經驗和障礙，探索愛情的本質，什麼是真正可以維持彼此關係的愛情？我們往往誤以為自己愛的是那個人，其實我們可能愛的是對方所具備符合自己需求的那個條件，例如美貌、家世或照顧。

就像電影中的服裝設計師雷諾斯，一開始不是看中愛爾瑪的本質和性格，而是她高䠷但不完美的身材，深深吸引著日日夜夜都在創造設計衣服的雷諾斯。他的世界只有衣服，沒有真正的人，除了他已經失去的母親，和替代母親照顧、掌管他一切工作和生活的單身姊姊絲蘿，那個和他一起打造城堡、建立王國的女人。

用化學反應式來看，雷諾斯是A、姊姊絲蘿是B、愛爾瑪是C，A＋B是無法產生任何化學變化的，因為他們彼此不具備可以產生化學反應的條件，但是一旦加入了C，或許會變成這樣：

$$A+B+C \rightarrow AC+B$$

這就是化學反應，一切原本的狀態改變了，有了新的關係，創造新的可能，產生新的結果，故事於焉誕生。電影中最大的改變，就是個性坦率、真誠，甚至有些魯莽、缺乏品味的艾爾瑪不惜用各種方式，想使雷諾斯卸下心防，包括在食物中放入有毒的菇使雷諾斯上吐下瀉，需要有人貼身全心全意的照顧，如同他記憶中的母親那樣無私奉獻。這正是雷諾斯的「詛咒」，他明白自己一定要去除這個「詛咒」，才能敞開心胸去愛與被愛。艾爾瑪的手段近乎恐怖殘忍，但是從心理治療的角度來分析，就像把病人從懸崖推下去，不是粉身碎骨便是得到重生的可能。

這又使我想起另一部我最喜歡的電影之一《影子大地》，同樣是一個在生活上是「巨嬰」的童話家兼演說家，在英國牛津大學任教的路易士，他也只在哥哥華寧的照顧下，過著寫作、演講和教書的簡單枯燥、缺乏真實情感滋潤的生活。直到有一天，一個來自美國的女子喬伊帶著崇拜路易士的兒子千里迢迢來訪後，他封閉的世界才漸漸被打開。他有了一場生死之戀，深刻地體驗到刻骨銘心的愛情，但是那個愛情隨著喬伊得了骨癌過世而結束。在這個故事中，路易士是A、華寧是B、喬伊是C、孩子是D，A＋B不會有任何化學反應，但是加入了C和D之後，化學反應便產生了：

$$A+B+C+D \rightarrow AC+B+D \rightarrow AD+B$$

喬伊死了，C不見了，變成了一種巨大的能量給了路易士。

路易士說了一句經典名言：

「為何要愛？因為失去愛更痛苦。我的生命有兩次選擇，小男孩選擇安全，大男人選擇痛苦，現在的痛苦，是過去曾經快樂的一部分。」

一個埋首創作童話、在大眾場合口若懸河、在教室中和學生滔滔雄辯的男人，不敢碰觸愛情以求安全。結果真正體驗了一場生離死別的愛情，他體驗了痛苦，也知道痛苦是快樂的一部分，他終於長大成為一個了解痛苦的男人了。

不同的人在不同的電影中找到自己的一部分，跟著哭跟著笑，其實你哭的是自己，笑的也是自己。我知道自己為何那麼喜歡《影子大地》和《霓裳魅影》，因為我也在這兩部電影中看到了自己，一個一輩子努力破除「詛咒」的巨嬰。

前面所論及的三部電影有一個共同點，那就是原本處於穩定狀態的兩種化學物質，因為加入了第三種活性很強的物質之後，促成了化學反應的產生。那麼，對於兩種正處於不太穩定狀態的化學物質呢？如果要發生化學反應，就得加入催化劑，或是加熱加壓使得化學反應得以加速進行。在人物原本就不太穩定的關係中，加入新的角色或事物。於是我想到了從年輕時看他的電影到老的伍迪・艾倫（Woody Allen），他那種以「我」為敘述者的大量旁白，那種理所當然的雲淡風輕，到了後來，他改用「他」做為敘述者，後期的電影有了很大的改變。

◆

伍迪・艾倫離開了他所熟悉的紐約去到歐洲拍電影，他的電影也開始賣座了。其中有一個原因是他花了更多力氣在角色的發展和彼此的關係上。他開始研究每個角色的背景、家庭、成長，了解他們的心理狀態，其中《愛情決勝點》可以說是他對寫劇本這件事有了新的體悟。《愛情決勝點》之後的《愛情失控點》、《愛情摩天輪》、《咖啡・愛情》，都具備了他過去電影中比較少有的情緒和節奏。他的電影不再那麼理所當然、雲淡風輕，他加入了命運的捉弄和一連串的巧合機率，使得原本處於不穩定的人物關係，因為加入了新的角色而發生了激烈的化學變化，這些新的角色扮演的正是催化劑。例如《愛情決勝點》中的網球教練、《愛情失控點》中失意的哲學教授、《愛情摩天輪》中的年輕救生員、《咖啡・愛情》中追求未來新人生的男孩，催化劑反而成了電影中的主角。

劇本因為有了這樣的改變，由不穩定到加入催化劑，這些電影變得充滿驚悚與緊張。在一次訪談中伍迪・艾倫承認了一件事，他說因為這些故事少了清楚的時代背景，少了可以提供劇本得以理所當然的發展的因素，所以他得多花一點力氣在人物的關係和發展上。也因為如此，去了歐洲之後的伍迪・艾倫又為自己爭取到更多新的觀眾。總結他作品中人物關係的化學變化大致如下：

$\mathbf{A+B+C} \rightarrow$ 無反應，但是不太穩定

$\mathbf{A+B+C} \xrightarrow[\text{催化劑}]{\text{D}}$ 起變化，有故事

還有一部令我印象深刻的黎巴嫩電影《你只欠我一個道歉》，也很適合用化學反應來解釋電影中的人物關係。帶著妻子由歐洲返回黎巴嫩貝魯特的修車廠老闆東尼，因為曾經有過的童年悲慘經驗，成為一個仇恨巴勒斯坦人的基督黨激進分子，對政治有種如宗教般的狂熱。有一天他為了一根水管的小問題，和一個工頭葉瑟吵了起來，由於東尼的不講理，刺激了老實忠厚的葉瑟罵了東尼一句髒話，為此東尼不肯放過葉瑟。後來葉瑟去向東尼道歉時，東尼得理不饒人地又罵了一句讓葉瑟忍無可忍的話：「最好夏隆把你們巴勒斯坦人統統殺光。」葉瑟打了東尼一拳，東尼一狀告到法院。

這兩個原本都很善良、忠厚、樸實的人真正衝突的原因，是因為葉瑟是巴勒斯坦的難民。當這兩個人相遇，就像濃度很高、活性很強的物質產生激烈的粒子碰撞，放出大量的熱能，化學反應的速度加快。這時候又加入了另一組活性極強的父女檔律師瓦吉迪和娜汀，一個是別具野心、企圖煽動種族仇恨的大律師，另一個是同情巴勒斯坦難民的人權律師，他們基於父女本身的衝突，各自協助了原告東尼和被告葉瑟。就化學反應而言，因為他們的加入變得更加複雜而激烈，產生新的狀況。

影響化學反應的條件很多，包括溫度、壓力、催化劑、光線等。在這部電影中，正是那些想要製造仇恨、延續仇恨的群眾和媒體，點燃了過去一直沒有平息的世仇，他們扮演了催化劑，他們升高了溫度和壓力，他們用能量激化了對立的雙方，竟然驚動了黎巴嫩總統出面調停。最後因為東尼說出了自己童年整個小鎮被疑似巴勒斯坦兵屠殺的血腥過往，使得葉瑟理解東尼那種憤怒的情緒，雙方透過傾聽、理解，達到和解。知道歷史的真相而原諒、寬恕了暴行，才能結束彼此的敵對。

用化學反應來檢視這部電影中的人物關係，我們看到了編導如何加入催化劑、能量、溫度和壓力，使得故事得以越演越烈。我們可以從這部電影劇本中得到很好的啟發。不過，在《你只欠我一個道歉》中，催化劑是一群配角。

# IV 節奏情緒　如同物理中的力學原理

「所有劇本的能量和力量都來自節奏和情緒。」

In Bruges
殺手沒有假期
**導演**・Martin McDonagh
**編劇**・Martin McDonagh
**發行**・2008

Manchester by the Sea
海邊的曼徹斯特
**導演**・Kenneth Lonergan
**編劇**・Kenneth Lonergan
**發行**・2016

Three Billboards Outside Ebbing, Missouri
意外
**導演**・Martin McDonagh
**編劇**・Martin McDonagh
**發行**・2017

## 片單便利貼

### You Can Count On Me
### 我辦事，你放心

**導演**·Kenneth Lonergan
**編劇**·Kenneth Lonergan
**發行**·2000

### Gangs of New York
### 紐約黑幫

**導演**·Martin Scorsese
**編劇**·Kenneth Lonergan、Jay Cocks、Steven Zaillian
**發行**·2002

### Seven Psychopaths
### 瘋狗綁票令

**導演**·Martin McDonagh
**編劇**·Martin McDonagh
**發行**·2012

從一個故事發展到分場大綱時，有一個很簡單的方式來檢驗自己所寫的分場大綱是否成立——那就是節奏和情緒，如同物理中的力學原理：$F=ma$，$m$是質量，$a$是加速度。換成劇本的分場大綱，$m$是情緒，$a$便是節奏。我們常常讚美一個劇本寫得好，說它「充滿力量」便是這個意思。

所有劇本的能量和力量都來自節奏和情緒。從故事本身中找到一種或兩種以上的情緒，再從這樣的基本情緒延伸出去創造各種小的情緒，在情緒和情緒的起起伏伏中，找到了節奏。在最近看過的電影中，馬丁·麥多納（Martin McDonagh）編導的《意外》是個好例子。這部電影中的主要情緒是「憤怒」，但是它延伸出來的其他情緒就不只是「憤怒」而已，還包括了更多更多來自不同成長和背景的人，各自發展出來的「嫉妒」、「內疚」、「同情」、「理解」、「救贖」、「疼愛」……整部電影的推展便是用這樣的情緒找到了影片的節奏，電影的力量也就在這樣的節奏中產生了。

這部電影從第一個鏡頭開始，便揭露了「節奏和情緒」已經啟動的寓意：一條長長的寂寞公路旁，荒涼的綠草地上三塊無人問津的大看板，在迷茫的煙霧中等待著情緒逐漸地凝聚，而且一旦凝聚了便等待野火燎原的結果。當一身藍色連身工作服、頭上紮著黑色頭巾的「女戰神」蜜兒芮．海斯夫人，在駕駛座上用手指搓著牙齒的那一刻，她決定向這個世界宣戰。她走進廣告公司租下那三塊看板，把窗檯上一隻腹部朝上的黑色甲蟲翻轉過來，象徵她不願意再「忍耐」了，她要翻轉這個世界。

海斯夫人在三塊看板上依順序這樣寫著：

「在垂死時被強姦。」

「仍然沒有逮捕任何人？」

「怎麼回事？威洛比警長。」

其實這三塊看板上的字，正好也可以解釋所謂分場大綱的節奏和情緒的意思，一種起承轉合。先是出現第一種情緒：驚恐、痛苦、暴力、受害、無法無天的罪行。再來的情緒是強烈的質疑、控訴不可思議的怠忽職守。第三種情緒便是憤怒、宣戰、直接點名加害者——威洛比警長。

我們把三塊看板的「節奏、情緒」擴大成為電影劇本的分場大綱，應該就很容易理解。威洛比警長的手下火爆浪子狄克森發現了這三塊看板，於是通知警長，接著是兩場海斯夫人的簡短家庭生活（包括吃飯和送兒子上學）之後，威洛比警長立刻直搗負責租看板的廣告公司，語帶威脅地質問廣告公司的年輕老闆：「你想和警局作對？」

整部電影就這樣在濃烈的火藥味中開展了。節奏看似緩慢，但是每一場的情緒都是質量極高、張力十足的。如果用 F=ma 來解釋，這部電影的力量來自比較緩慢的加速度，但是每一場戲都是極重的質量。如果以為這只是一部受欺壓的弱勢反抗掌權惡勢力的故事，那就大錯特錯了，在這故事中每個角色都會被同情，真正的邪惡隱藏在煙霧背後。電影的主題是一種質問，對「憤怒」的質問，對「正義、公理」的質問，並沒有答案。

當所有的衝突瞬間爆發之後，對立的雙方各自回到自己的「陣營」中，凝聚新的「情緒」，使劇本得以繼續下去。在這個劇本中，什麼是新的「情緒」？威洛比警長其實正面臨癌症的折磨，他最不捨的是年輕的妻子和年幼的兩個女兒。海斯夫人有家暴前科的前夫和新女友出現了，他們的出現使我們了解海斯夫人的憤怒是累積的，也是帶著內疚的。警察狄克森這個像地雷的火爆浪子，他回家會陪媽媽看電視，也有一個悲傷的成長故事。這三個人帶著自身處境的悲傷所轉化出來的濃烈情緒相互糾纏，化學反應時的粒子對撞，一觸即發。觸發前的情節安排是「醞釀」，這時的節奏比較緩慢：海斯夫人站在三塊看板前接受媒體記者的訪問、狄克森陪老媽看著電視上的訪問、威洛比警長和妻子在馬廄撫摸著馬匹，這幾場戲的節奏雖然放慢了，但是每場戲的張力十足，因為充滿了開戰前的氣氛。節奏慢了，可是情緒卻更重了。

果然，下一場戲便是威洛比警長直搗黃龍去找海斯夫人解釋，最後扮演哀兵求饒地問難道不知道他罹患癌症嗎？沒想到海斯夫人的回應是如此「絕情」：「死了，這樣的抗議就沒有效了。」同樣的，狄克森也在撞球室想要說服廣告公司的年輕老闆，同樣用哀兵求饒的方式，但顯然無效。神父的造訪是連續幾場戲的高潮，也是海斯夫人對這個世界的不公不義、共犯結構提出的

「不再沉默」的理由，尤其是她舉「神父性侵兒童」的例子重重回擊了來勸說她的神父。（下一個章節中，我要舉的例子《驚爆焦點》會集中在這個主題上。）海斯夫人的談話明白表示她不會退縮，她可以向全世界宣戰。

隨著情緒的不斷升高，海斯夫人似乎佔了優勢。優勢來自她的不妥協和激烈態度，例如她用牙科電鑽刺向醫生、警長咳血噴在海斯夫人的臉上、兒子對海斯夫人的不滿。終於有一場回憶女兒出門向海斯夫人借車被拒絕的戲，翻轉了她暫時的優勢，使我們看到了海斯夫人的憤怒其實是一種內疚的轉移，其實她不斷升高的憤怒是隱含著心虛和內疚的，這樣的憤怒只能引發更大的憤怒，所有的情緒在此有了新的方向：包括有家暴前科的前夫帶著小情人潘妮洛普，凶狠的前夫掀掉了桌子，用手掐住海斯夫人的脖子把她推到牆角，並且控訴海斯夫人和女兒的不合，加上狄克森去逮捕海斯夫人的好朋友，一直發展到威洛比警長決定用自殺來做為一種報復的那幾場戲，使得原來佔優勢的海斯夫人瞬間成為全鎮居民所不容的「加害者」、「施暴者」，所有的壓力湧向海斯夫人，包括家人也都站在她的對立面。知道威洛比警長用自殺做為對海斯夫人對他「施暴」的回應之後，真正的地雷終於爆發了，那就是這部電影最經典的那場戲：一鏡到底的狄克森痛毆廣告公司年輕老闆並且把他甩出窗外。節奏快、情緒高亢，一氣呵成，是最經典的 **F=ma**，力量超大的一場戲，就像三塊看板被燒掉一樣，威洛比警長用自己的死，並且自己掏錢替海斯夫人繼續租借三塊看板的方式想扳回一城，結果換來的竟然是海斯夫人更狂烈的報復，她向警局投擲汽油彈，把整個警察局都燒了。情緒不斷地加成，如同用憤怒燃燒另一個憤怒，成了燎原的野火，終於一發不可收拾。情節被情緒推展至此，應該結束了吧？並沒有，新的情緒又出現了。

這個新的情緒在火燒三塊看板及汽油彈攻擊警察局之前就先有了一點伏筆，一個奇怪的陌生人出現在海斯夫人工作的精品店，他態度相當凶狠，直接打爛架子上的東西並口出狂言，表示自己可能就是姦殺海斯夫人女兒的凶手。之後，被大火灼傷的狄克森警察在酒吧又聽到這個怪人向朋友吹噓自己如何姦殺女孩，口氣中透露他是正在服兵役的軍人，役期只剩下最後一天。為了取得這個怪人可以比對的ＤＮＡ，狄克森故意惹惱對方被痛毆一頓。原本是敵對的狄克森和海斯夫人期待著ＤＮＡ的比對，期待抓到凶手，狄克森也早已默默記下了那個怪人的車牌號碼。

這就是電影結束前快要抓到凶手的情緒，而答案卻是ＤＮＡ比對之後那個怪人並不是凶手，而且案發時他不在國內，在一個沙漠國家執行任務。這暗示著另一個更恐怖的事實：附近軍營的士兵可能常常犯下這樣毀屍滅跡的姦殺案，因為手法高明，使警方無從下手偵察凶手。善良勤勞的威洛比警長在如此巨大而集體的暴力犯罪下，無法破案是何其無奈又無辜。

狄克森告訴海斯夫人，他知道那個壞蛋的車牌和住處，相約一起去幹掉他。於是他們一起出發了，他們互相詢問對方確不確定要殺那人，答案是不確定。故事在這樣不確定的報復情緒中落幕，所有的情緒也暫時平息。

《殺手沒有假期》是馬丁·麥多納的第一部電影長片，距離他的近作《意外》大約十年。十年磨劍使他從一個舞臺劇作家，成為非常成功的電影編導。相較於《意外》，《殺手沒有假期》劇本中對情緒和節奏的掌握顯然生澀許多，不過卻保有另一種舞臺劇的結構和情調，尤其是兩個殺手在比利時中世紀最美的古都布魯日，像是遊客一般逛著博物館、聖血教堂、市集廣場、鐘樓時，那些富有歷史感的對話更像是舞臺劇中的表演。

不過，在這部電影中也看到未來馬丁·麥多納會完成《意外》這部電影的一些蛛絲馬跡。一個錯殺兒童的神經質、火爆、衝動的殺手雷，和另外一個非常在乎道義的殺手肯，他們在闖禍之後，老大哈利指示他們從倫敦逃去像是童話般的布魯日，一個完全和他們當時心情相反的觀光勝地。這幾個角色酷似《意外》中火爆衝動的警察狄克森，和被內疚憤怒情緒所困而導致自殺的威洛比警長，還有一個看似配角，其實頗有深意的侏儒。

在結局方面，《意外》的開放式又比《殺手沒有假期》那種全部的主角都死亡來得更高明——我們看到一個劇作家如何在掌握電影情緒和節奏時更加精準。

◆

和《意外》那麼激烈的情緒相較之下，《海邊的曼徹斯特》的情緒反而是壓抑的。像是不斷冒出煙的火山，一再提醒四周的居民趕快逃走，最終這座火山並沒有爆發。但是在冒煙的過程充滿了即將要噴出巨大岩漿的可能，大的情緒包著許許多多的小情緒，這些小情緒又反應在許許多多的小動作上，前後呼應環環相扣，成就了一本相當完美的劇本，值得初學者做為學習的範本，練習找到這個劇本情緒和節奏之間的脈動。或許有人覺得這部電影的節奏很慢，但是為什麼能量如此強大？那正是包藏在火山內的情緒極為強大，因為壓抑反而更強大，能量也就很大了。

就從火山噴出的一點點小石頭和煙說起吧。一個在波士頓的水電工李．錢德勒平日遊走在不同客戶家中修馬桶、電燈、清除垃圾、鏟雪，賺取極微薄的酬勞。他忍受這些接近被剝削的生活方式，寄居在老闆借住低矮窄狹的地下室，過著行屍走肉般的生活。他沉默寡言，偶爾和客戶頂嘴後被客訴，他依然把自己活成槁木死灰般，這些被壓抑的小情緒一直冒出來，我們不明白為什麼。直到他接到一通來自「海邊的曼徹斯特」的電話，告知他的哥哥喬・錢德勒過逝的消息，他立即趕回去，故事就在緩慢的歸途中，漸漸凝聚著壓抑的情緒下展開了。這一路上，抑鬱的天空、迷亂的森林、悲傷的大海和李・錢德勒空洞虛無的眼神，已經提醒了觀眾隨後即將告知的巨大悲傷往事，而所有的回憶卻是從甜蜜幸福開始。在這裡，時空前後交錯的剪接是編導神來之筆，乾淨俐落的剪接使節奏加快，把輕鬆的情緒推展下去更加解釋了**F=ma**的理論：當質量比較小的時候，加速度變大，如同那一連串的回憶；但是一旦進入巨大的質量時，加速度變慢，甚至趨近於零。像那一場造成三個孩子葬生火窟大悲劇的火災現場，熊熊的火勢噴發如火山已經蓄勢待發了，但是火山並沒有爆發，因為闖下大禍的凶手並沒有受到懲罰，雖然他一度搶下警察的手槍想要自殺，但是被攔阻下來。之後的李・錢德勒的心已死，但是那座沒有爆發的火山已經進入他的體內，如影隨形地燃燒著，永遠煎熬著他。

三個孩子因為自己疏忽而死亡的悲劇本身，就是整部電影的大情緒，逐漸再帶出了更多的小情緒，包括李．錢德勒和他姪兒派屈克之間拉扯、前妻已經結婚懷孕、大嫂也找到了新的歸宿。一個情緒尚未結束，另一個情緒又冒出來，我們始終被這些小小的情緒困擾和牽絆，直到劇終。

電影結束了，觀賞者的情緒才剛剛被挑起來，成為自己生命中的一部分，這正是電影最迷人之處。

《意外》的編劇馬丁．麥多納和《海邊的曼徹斯特》的編劇肯尼斯．洛勒根（Kenneth Lonergan）都是成名很早的舞臺劇作家，之後才成為電影編劇。或許他們都想要更精確地表達自己的劇本，便成了導演。如果回過頭去看他們之前的編劇作品，會發現有過舞臺編劇經驗的電影編劇，在人物的性格和情緒的變化上格外精準，例如馬丁．麥多納的《瘋狗綁票令》，和肯尼斯．洛勒根的《紐約黑幫》、《我辦事，你放心》，都能看到他們對情緒和節奏的掌握超越一般的電影編劇。

# V 情節發展 如同考古中的發現過程

「每一個線索的出土，都是一次驚奇。」

**片單便利貼**

The West Wing
白宮風雲（電視影集）
**監製**·Aaron Benjamin Sorkin
**編劇**·Aaron Benjamin Sorkin 等
**發行**·1999~2006

Spotlight
驚爆焦點
**導演**·Thomas Joseph "Tom" McCarthy
**編劇**·Josh Singer、Thomas Joseph "Tom" McCarthy
**發行**·2016

鏡頭跟著一個壯碩的警察緩緩走在警局窄窄的走廊，深夜中的小小警察局如同一個藏著不可告人祕密的黑盒子。隱約中看到一個神父坐在裡面，有人進進出出，不久神父被人帶走，另一間房子坐著四個孩子。一九七六年的波士頓警察局，是整個被天主教嚴密掌控的封閉保守社會的小小縮影。

當我描述到這裡時，腦子裡跳出了另一個畫面：有一群考古學家正在進行一個遺址的挖掘工作，他們除了具備考古的專業知識之外，還具備了說故事的能力和浪漫的想像力，他們會對每一個挖掘出來的東西充滿了亢奮和期待。

畫面再跳回這個電影，這是一個被埋在地底下不見天日的故事，等待我們來挖掘，於是情節便因此被一點一點地挖了出來，編劇扮演了考古學家。

這是神父吉根性侵兒童的案子，輕易被掩埋在地底下不見天日。一直到二十五年之後的二〇〇一年，《波士頓環球報》新任主編拜倫來報到，意外地決定要挖掘地底下不可告人的祕密，於是有了這部以真實事件改編的電影《驚爆焦點》。情節的發展如同考古中的發現過程，線索一一浮現，又多又快，考驗著觀眾的判斷力和理解力。這些線索和線索之間有什麼關聯？代表那些被神父性侵的兒童，提出控告的律師愛瑞克，到底有哪些難言之隱？他的立場到底如何？法官和教會的關係又是如何？他們能保持司法的正義和公正嗎？受害者互助會的主持人菲爾的出現，能給這個挖掘過程提供什麼突破性的發展？針對加害者神父們所進行精神治療的療養院，又傳遞出什麼關鍵的訊息呢？當記者們終於說服了那些被性侵的受害者，勇敢說出自己被神父性侵的過程時，使得所有的指控得到了最直接的證據。

證據搜集到這裡，我們難免又會想到，考古的挖掘過程所找到的器物或是骨骸，經過了科學鑑定之後，往往會得到一些結論。記得我曾經參觀劉益昌教授正在進行的埔里大馬璘遺址挖掘計畫，當時挖到了石板棺、石器、陶罐，然後挖到玉器時，發現和臺灣東部卑南遺址的玉器相同，他非常興奮，因為這顯示了臺灣史前時代，位於東、西部不同族群的人是有互動的，包括貿易、遷徙。這種有證據的想像，不也是一種說故事的工作？

再回到這部電影的情節發展吧。當記者找到了一個承認自己曾經性侵兒童的神父時，他說出了另一條令記者難以置信的線索，神父表示他也曾經被別人性侵。這個發現就好像大馬璘遺址挖掘到最後，找到當時的人類由東往西、由低往高移動的理由，應該是為了逃避當時的瘧疾。每一個線索的「出土」都帶給觀賞者一次驚奇，這是這個劇本最值得我們反覆思考的地方，線索和線索之間邏輯清楚、脈絡分明。

◆

當我們討論到「情節發展如同考古的發現過程」時，並不表示這個劇本已經跳過前面曾經提到的另外四個編劇步驟。就這個劇本的創作過程而言，同樣經歷了非常詳盡而困難的「田野調查」，也把電影中的幾個重要「人物關係」及背景做了分析和確定，在「故事的選擇」上，他們挑了這個在二〇〇一年《波士頓環球報》的深入報導，做為反映那個「封閉保守」的舊城市波士頓的顯微切片。在「節奏情緒」的處理上，劇本中的情緒便是大量釋出的新資訊，對於調查小組中幾個記者內心的撞擊，這種「節奏情緒」在劇本中也是相當強烈的。當然，相對於《真寵》劇本中那麼複雜多變的人物關係，和《意外》中如野火燎原般燃燒的節奏情緒，這個劇本最值得討論的，還是編導對於情節發展的處理方式，是很嚴謹、按部就班、不疾不徐地挖掘、發現、開展，並不依賴過多的渲染，和暴烈的情節。

這個劇本的田野調查其實是相對困難的，因為他們的採訪對象是原本要採訪別人的記者們，還有創傷依舊很深的、已經成家立業的受害者，以及那些曾經參與過整個事件的法官、律師、神父們，這些人都曾經扮演著共犯結構中間接的加害者。所以當編導和演員們在田野調查，甚至和當事人相處時也要有點考古的精神，用想像力和判斷力來整理這些調查，配合真實人物的性格，重新分配了不同的對白和情節給電影劇本中的角色。

在「人物關係」上，劇中的核心人物是調查小組的三位採訪記者莎夏、麥克和馬特，加上他們的主管羅比，他們各自有不同的個性。莎夏溫柔並且善於傾聽，內心最大的困惑是她有一個篤信天主教的奶奶，她們祖孫在生活上很緊密。麥克生性好奇、叛逆，他的行事作風是勇往直前、使命必達，但是這種毫不妥協的個性也挑戰了他自己原本已經動搖的信仰基礎。馬特的思考相對周密，面對問題非常有耐心地抽絲剝繭，他最大的衝擊便是發現有性侵前科的神父就住在他家附近，而他有年幼的孩子。發動調查計畫的拜倫來自其他城市，對古城波士頓而言，他是個局外人，也正因為如此，他這個空降的總指揮很快就找到了核心問題，那就是盤根錯節、無可撼動的政教司法合一舊體制——那活在原有體制內的人習以為常的文化，對拜倫而言正是他感到最奇怪的地方。他們這個團隊成員之間彼此沒有什麼矛盾，所有的矛盾和壓力來自他們想要拆解毀滅的體制，在他們企圖尋找真相的過程中，所有來自體制的反撲，包括教會和司法系統，成為本片最主要的「情緒節奏」。

再回到本章節所說的情節發展如同考古的發現吧。這部電影在許多即將要釋放出新的、重大的訊息時，總是會像一開場時那個跟拍的鏡頭，透過一個角色穿過長廊，時空進入了一場主要的戲，也許是記者追蹤律師艾瑞克、記者衝向即將關閉的法院、記者去尋訪加害者和受害者、記者穿梭在圖書館內搜索重要文獻等等，每一次的發現都有一個簡單的穿越鏡頭，這就像是在考古時挖出了新的器物或是相關證據一樣。

◆

情節的發展像考古一樣越挖越深，也有越來越多的證據出土，彼此都有緊密的關聯。一開始拜倫只是讀到一篇專欄文章，簡單分析了發生在波士頓的神父性侵兒童案法院判決，引起他的敏銳直覺，進而決定將這個議題做全面性更深入的追蹤。透過記者們從過去的檔案資料中找到了一些當事人，包括替教會做出和解的律師、受害者組織、受害者的察訪，發現性侵事件是全面而普遍的，是結構性存在的，甚至是透過許多方式被保護的。最後，記者們非常合理的懷疑，波士頓樞機主教早就知道這些事情，也找到了直接的證據，原來教會本身早就有一套掩護系統。涉案的神父一一曝光，從原本的四個人變成了十三人，之後又快速增加到八十七人，故事來到結尾時，經過許多受害人的檢舉，涉案的神父竟然高達兩百四十九名，受害的兒童達一千人，最小的只有四歲。這個結果完全符合局外人拜倫一開始的判斷，問題的核心出在波士頓這個古老城市的古老體制，只有局外人敢去揭發它，也以為可以藉此拯救這些生活在黑暗角落被性侵的兒童們。

但是最令人感到無奈和沮喪的，是當真相大白之後，這些事件並沒有因為被記者們完整揭發而有所改善，這些神父性侵兒童的事件，仍然發生在世界每個黑暗角落。

而最終，我們透過「考古的發現過程」所挖掘出來的，是一個人類永恆存在的問題：掌握權勢的人對弱勢者無止境的欺凌，殺人的永遠是體制本身。所以編導在接受訪問時說：「這個故事兼具人類的資產和價值。」一定要把這部電影拍出來的使命感，使他們不斷挖掘真相、探索事實，再用考古的方式把如此複雜的故事忠實呈現。

窮畢生之力尋找殷商遺址的前中研院副院長張光直先生，曾經這樣形容他尋找的過程是從「大海撈針」到「臉盆撈針」，最後大致找到了位置，是在黃河的舊河道沖積土層之下，非常難挖掘到可能的遺址。

我們也可以這樣描述電影情節的發展：剛開始，給觀賞者有一種「大海撈針」的茫然，漸漸進入「臉盆撈針」的理解，最後終於找到了那針根。《驚爆焦點》的那根針是掌權者欺凌弱勢者，殺人的永遠是體制本身。如果一部電影沒有這樣辛苦而緩慢撈到針的驚喜、領悟、愉悅，那麼「看電影」就只是用來打發時間的娛樂了。

這部電影的編劇喬許・辛格（Josh Singer）曾經有過電視劇的編劇和監製經驗，這和前面提到來自舞臺劇背景的馬丁・麥多納或肯尼斯・海洛根很不一樣，他擅長的是對於故事情節的鋪陳和發展，例如非常轟動的《白宮風雲》，他擔任共同編劇和剪接師，在《驚爆焦點》這部電影劇本中，隨處可見密度很高的情節和情節之間的線索，和電視劇的編劇手法相當一致。如果這部電影要改成影集，把密度太高的線拆開後，加上更詳盡的人物關係、彼此的心結、家庭的糾葛、教會的派系、被害人的生活等描述，一集又一集的影集劇本就有了故事大綱。

喬許·辛格在大學和研究所主攻數學、經濟和法律、商學。有這樣的背景，在擔任編劇和監製時，會不會多一點點科學的理性呢？

# VI 劇本結構 如同數學中的函數關係

「情節發生在劇本結構的空間內，而時間在劇本中是最自由的、可以發揮的部分。」

Our Little Sister

海街日記

**導演**・是枝裕和 **編劇**・是枝裕和
**發行**・2015

Parasite

寄生上流

**導演**・奉俊昊 **編劇**・奉俊昊、韓進元
**發行**・2019

Only the Animal

謎夜拼圖

**導演**・Dominik Moll **編劇**・Dominik Moll、Gilles Marchand
**發行**・2020

## 片單便利貼

### Yi Yi

一一

**導演**·楊德昌 **編劇**·楊德昌 **發行**·2000

### Mulholland Drive

穆荷蘭大道

**導演**·David Lynch **編劇**·David Lynch
**發行**·2001

### The Hours

時時刻刻

**導演**·Stephen Daldry **編劇**·David Hare
**發行**·2002

### Still Walking

橫山家之味

**導演**·是枝裕和 **編劇**·是枝裕和
**發行**·2008

《恐怖分子》的劇本由真實生活、虛構小說、夢境、鏡頭旁觀這四種元素完成劇本的結構，像是數學中的函數關係。函數指的是數學中兩個集合（不是空集合）之間的對應關係。如果用機器來做比喻，把 A 集合中的元素透過這個機器，可以對應到 B 集合的一個元素。而這臺機器，便是我們電影中的結構，A 集合中的元素便是電影中的人物和情節，透過了這臺叫做結構的機器，對應出 B 集合的一部電影劇本。所以《恐怖分子》的結構機器便是由真實生活、虛構小說、夢境和鏡頭旁觀這四種元素所組成，所有的人物和情節都被安排在這樣的結構中，產生了一部電影劇本。用函數來表達便是：

$$f(x, y)=2x+2y$$

楊德昌在《青梅竹馬》票房失利後，曾經在不同的民間老闆邀約下，嘗試不同的體裁，那時的他除非萬不得已，才會重新回到中影。最後，他來中影找我時，雖然是因為《太平日子》的難處，但其實是因為他更想要拍《牯嶺街少年殺人事件》和《恐怖分子》。

他正式向我提出了這些拍片計畫，要求我和他一起編劇，並且擔任他的執行製片。和他一起討論這三個劇本，應該是我個人對劇本寫作開始有更具體的「規則」和「方法」的時期，因為他常常運用最早的專業「電腦程式」來討論劇本的結構，在牆上的白板寫滿了劇本的大結構，把人物關係、劇情發展全都放在他喜歡的複雜結構中。而我的生物系背景，也會把一些屬於物理、化學、生物的原理運用在編劇上，這方面我們常常有原創、發現的快樂。我得承認，他是一個天才。他不太愛看別人的電影，也不太愛看書，因為看了就會忍不住批評，所以就要別人看了說給他聽。因此在他的作品中找不到其他作者的影子，作品本身充滿了原創性。

◆ 楊德昌是一個非常「善變」的人，剛開始他拿著當時創刊號

《人間雜誌》，興奮地指著封面故事中的混血兒，想要透過混血兒的故事反映上世紀五、六〇年代美軍駐守臺灣時的故事，他一直對這個時代情有獨鍾，不過，他很快又改變主意了。他把這些想法移到《牯嶺街少年殺人事件》，反而把《恐怖分子》的時代直接反映自己所處的八〇年代當下。他從一個混血兒口中說出的故事，又把故事轉向婚姻：一對表面平靜無波的夫妻在一通惡作劇電話後，事情有了意想不到的發展。這個時代的轉變，有了《恐怖分子》的核心思想：八〇年代動盪中的臺北，人人都可能會是恐怖分子。故事由此向外不斷地延伸，角色也逐漸增加。

他常用今天的自己推翻昨天的自己，每天都是全新的一天，所以和他一起編劇非常刺激也非常辛苦。像《恐怖分子》原來設定的男主角是一個汽車推銷員，換了幾個職業後，最後決定是在醫院的技術人員，一個理性的、規律的、重複的、無趣的丈夫，這個決定是基於在醫學院工作過的我，對這個職業比較熟悉，將來進行拍攝時，我也可以借用自己曾經工作過的陽明醫學院（現在的陽明大學），但對於當製片和編劇的我而言，這正是災難的開始。女主角始終鎖定是一個很想要改變生活的作家，而這個職業也是我最熟悉的，我可以一方面編劇，也順便替女作家把她的小說完成。女作家的設定便是這個劇本逐漸完成結構的開始：真實生活、虛構小說、夢境和鏡頭旁觀這四個主要元素，透過多條不同的人物組合的敘事情節，完成了相當嚴謹卻又是開放結局的劇本結構。

許多人在看完了《恐怖分子》之後，感到一頭霧水，就像看完了被ＢＢＣ票選二十一世紀電影作品第一名的大衛・林區（David Lynch）的《穆荷蘭大道》一樣，到底哪一段是夢境，哪一段是真實的？在《穆荷蘭大道》中，透過一個睡覺醒來的畫面，清楚區格了前段是很長的夢境，後段才恍然大悟，真實的人物性格和情節大異於夢境。可是在《恐怖分子》中沒有這樣的清楚區隔，我們一開始就想用開放式的結構提出問題，而不是用封閉式的結構給出答案。所以在電影的後半段情節進行時，你可以任意解讀：丈夫殺人及自盡是完全真實的？或只是女主角的得獎小說《婚姻實錄》中的虛構內容？或只是一場夢境？而努力想要拼湊出真相的，正是一個從故事開始就用攝影機捕捉到部分「真相」的大學生，而極少數的真相無法拼出更完整的真相。這個劇本結構在楊德昌的所有電影中非常獨特，或許是當時他對於整個臺灣社會劇烈變動的焦慮和不安，所以對於真相的懷疑，對於人的不信任，只能透過這樣開放式的結構，提出強烈的質疑——沒有答案，只有問題。他真的像是一個預言家，這樣的問題一直適用於他辭世後十年的臺灣社會，年輕人更能理解他想要表達的東西。

關於劇本結構，楊德昌也喜歡用搭一座橋梁或是蓋一幢房子來比喻，他說搭好了幾個橋礅，橋梁便逐漸完成了。房屋內決定了梁柱的位子，空間便出來了，所有的情節就發生在這些空間內。其實他使用的比喻是空間的，劇本的結構還有一個更重要的元素是時間，例如倒敘或是不同時間的交互進行等，時間在劇本中是最自由的，是編劇最可以發揮的部分，就像我前面提到的早期作品《早安，臺北》。由於楊德昌對於每個角色的功能和每個鏡頭中的隱喻，都有相互的指涉和勾連，所以他的電影劇本在結構中又有小結構，形成了一個非常精準又緊密的劇本。和他共同編劇，挫折和進步同時發生。

我曾把編《恐怖分子》的過程用一種後設風格完成一篇小說，現在回頭看，正是一個劇本如何完成「結構」的辛苦過程。

為了順利完成劇本的結構，我用最早構想中的女主角混血兒「安」為主述者，寫了一個很長的故事，取名《再見，吉米再見》。我一開始是這樣寫的：「安又戀愛了。說安又戀愛的意思是，有一個男人已經被拋棄，而另一個男人不久將失戀。」故事中的安和媽媽同住，媽媽口中她的爸爸是一個美國大兵，但是唯一的照片被外婆燒掉了。媽媽老是聽著一首美國老歌〈再見，吉米再見〉（*Goodbye Jimmy Goodbye*）。楊德昌喜歡用文字來表達他的想法，當他看到我寫的故事後，忽然有了完全新的想法，他反過來把女主角改成是一個善變的女作家郁芬，她寫了一篇小說，得到大獎。於是我又重新寫了一篇《婚姻實錄》的小說，嘗試另一種結構。開頭是這樣的：「那天，是春天到來的第一天，如果你了解季節，變化只是一種輪迴的重複。對她而言，短短的幾年歲月，她的世界萎縮了。在工作和休息之間，她捕捉不到自己的感情。」

當我寫到這裡時，覺得很好笑，因為文字之間很虛無空洞，但是也因為如此，我在自己的筆記本上寫了一些思考：「(1)所謂的流行小說所缺乏的反省力和人性複雜面。(2)如果郁芬接到一個來開玩笑、試探她的電話，她不但沒有生氣，反而出奇冷漠。然後，她把這些感覺寫在她的小說中。(3)郁芬一方面寫小說遇到瓶頸，一方面真的照電話指示去做，在空屋遇到另一條線的小強。(4)郁芬完成了小說，缺少了結局，於是她在真實生活中，去尋找舊愛，希望發生一些事情，以便寫在虛構的小說中。(5)郁芬到底相不相信那通電話的內容？如果沒有這通電話，她的生活會改變嗎？或是，改變是必然，只是在等待一個機會。她想要改變才是重點。」

我和楊德昌討論了這些問題，最後我們得到翻轉電影結構的決定。也就是說，當郁芬是一個小說家，她又遇到了一個年輕愛攝影的男孩時，他們各自扮演了一個不同的敘述者，使得事實的真相有了不同的版本。我們的電影不再只是談婚姻、談社會，而是談真實和虛構之間的想像空間。虛構小說中有大量的真實，而且作家為了完成小說，竟然在真實生活中繼續冒險，尋找故事的結局。

小說的結局是妻子被丈夫殺了，而丈夫看到妻子的小說，他又去執行了小說中的情節。於是，我們有了「驚人」的新結構，在最後的剪接時才定稿，其中有編劇顧問陳國富，和剪接師廖慶松的重要貢獻，才得以完成了這部結構極複雜的劇本，由「真實生活」、「虛構小說」、「夢境」、「攝影鏡頭的旁觀」這樣四種元素交織出來的作品。楊德昌的大哉問：「什麼才是真相？因為人們永遠只能看到事情的一半，另一半藏在黑暗中。」這樣的大哉問，後來在他最後的電影作品《一一》中，又一次完美的呈現。

曾經長期和楊德昌合作的作家吳念真，當時在中影試片間第一次看到《恐怖分子》完成版時，一個人起立鼓掌叫好，他對於這個複雜的結構表示讚美。做為一個得到最多次金馬獎編劇獎的作家，他是很少有這種反應的。後來他又協助楊德昌完成了《一一》，自己成了電影中的男主角。

◆ 相較於楊德昌的《恐怖分子》，日本導演是枝裕和的電影結構單純多了，他比較接近侯孝賢的風格，在緩慢的線性敘事中，盛滿了對人世間萬事萬物的包容、同理和無盡的眷戀，但是又更多了一些溫暖、柔軟。

是枝裕和曾為電視臺拍攝他最喜歡的導演侯孝賢和楊德昌的紀錄片，在個人身世和創作上和臺灣有一種極為特殊的連結。他出生在臺灣，後來和媽媽一起回日本。我的學生們都非常喜歡是枝裕和，他們曾經在一次學校的旅行途中陸續分享是枝裕和的電影，當成是學習成果。旅行和時間有一種連結的關係，像是我們對於人生的體驗一樣。沒有錯，「時間」的確是是枝裕和的電影結構，包括內在因為時間流逝的劇烈改變，和外在真實時間，包括現在、過去和未來。他曾經在一次訪談中這樣說：「過去的時光反映的是對此時此刻的影響，現在的進行式預告了未來即將發生的事。我的電影常常在這三種呼應的時間相互重疊呈現。」時光荏苒、逝者如斯，一切都在非常安靜的氣氛下進行，時間變得如此嚴肅而強大，沒有人可以違逆。他的作品《海街日記》最能呈現這樣的敘事結構。

鏡頭從一個女人慵懶的腳開始，我們看見一對躺在床上蓋著藍格子棉被的男女。寧靜的清晨，沒有一點聲音，陽光曬了進來，有點刺眼。手機震動，女人醒了，是公司的電話，女人匆匆穿上衣服慌慌張張往外衝，男人表示會打工還她錢。電影始於一個很清楚的時間：一個有陽光的清晨，之後隨著畫面中不停出現的天光、雲影、海浪的變化，情節中一再出現的季節變化如櫻花盛開、梅子成熟、梅雨季節、炎炎夏日、港口漁獲、滿地楓葉，再加上學校開學、外婆的忌日這些有固定時間的日子，便呈現了一種以外在時間和內在的心理變化所形成的劇本結構。

剛剛提到衝出家門的是二姊佳乃，一個一直被男人騙色騙財卻越挫越勇的銀行業務員，她的大姊香田幸是一個扛下這個殘破家庭責任，但是和已婚的醫生有戀情的護士，她堅毅的外表掩蓋了一顆沉重壓抑的心。三妹千佳在一家鞋店工作，是一個個性樂觀，但是連在餐廳點個菜都會猶豫不決的女生。她們從小被住在鎌倉的外公、外婆帶大。十五年前「溫柔卻無用」的爸爸有了外遇拋家棄子去了仙臺，生下一個女孩淺野鈴，之後又再婚，帶著淺野鈴去了山形，三姊妹的媽媽則去了北海道追求自己的生活。外公外婆陸續過世，三姊妹便相依為命地守著外公外婆留下來的、有棵梅樹的老房子。

電影便從這個從未出現過的爸爸過世後開始，三姊妹趕去山形參加告別式，第一次見到了她們同父異母的妹妹，一個看起來很早熟並且懂事、穿著中學生水兵制服的小女孩淺野鈴。淺野鈴帶著三個姊姊爬上一個山頭眺望山下有海的城市，說爸爸常常帶著她來這裡，說這是最像鎌倉老家的地方，爸爸留下了當年帶著三姊妹看江之島火花節的照片。其實溫柔心軟的爸爸一直思念著三個女兒。從這一刻起，一個已經不存在的人卻是四個姊妹們常常掛在嘴邊的共同話題，不同的回憶拼湊著各自失落的那一角，不用倒敘鏡頭，卻清楚勾勒著過去的時光，不曾間斷地影響著現在的一切，彷彿那個逃走的爸爸才是電影中的主角。

這樣的情節，在他的另一部電影《橫山家之味》更是明顯：

一個因為車禍死亡的兒子，卻牽動著電影中的每一個人，甚至每一句對白；他們重複著相同的遺憾、內疚和怨恨，那正是過去已經不存在的人和事，反而成為電影的主題和主角。「時間」也是這部電影的結構，是枝裕和承認了這樣的說法。他曾經表示阿部寬和妻子捧著西瓜、很吃力地爬上臺階的畫面，代表的不只是此時此刻他們要走這段臺階，未來他們仍然會再走這段臺階。這正是現在進行式，也預告未來會發生的事。

同樣的，《海街日記》也一再出現梅樹結果之後摘下來釀酒、在窗戶上貼上有剪紙裝飾的窗紙、火車駛過山谷上的橋、海貓食堂的南蠻醃竹莢魚，和一次又一次的不同的告別式，來清楚呈現時間的過去、現在和未來彼此深深影響著。當這些姊妹們在老屋內輕聲細語聊著逝去的家人，或是專心吃著魩仔魚吐司、海鮮咖哩、低頭塗著腳趾甲油，從陽光雲影的移動可以感受到「時間」正滴答滴答地，非常規律、公平、無私地向前邁進。每次重新看這部非常安靜的電影時，都有落淚的衝動，因為我真的看到了「時間」。

◆

前面曾經提及空間和時間往往主導了一部電影的結構。空間可以是視覺設計上的具體場景，空間也可以是容納情節的抽象空間。同樣的，時間可以是真實具體的時代或時間，也可以透過角色內心的改變來發現時間，甚至也可以透過回憶、夢境等混搭成的結構中看到「時間」，如果把時間看成是第四度空間，那麼我們也可以在由時間所形成的結構中，找到可以容納情節的空間。我再試舉兩個比較知名的電影，來解釋由空間和時間所形成的劇本結構，一部是最近相當轟動的韓國電影《寄生上流》，另一部是在過去最常被討論的經典電影《時時刻刻》。前一部可以解釋由空間做為結構的電影，後一部可以解釋由時間形成結構的電影。

不可否認，《寄生上流》同時具備了商業和藝術的價值。在影像視覺上它創造了三個實體空間：一個是窮人居住的半地下室的空間，從窗戶望出去可以看到一個喝醉在牆角尿尿的男人，衛生人員噴灑消毒水時，煙塵可以直接噴進這個貧民窟的低矮穴居，金家四口就窩居在這裡。另一個是在山坡上有大庭院綠地的豪宅，住著朴家四口，寬闊空曠的室內空間，在精緻的室內設計下，有一種寂寥、無聊、空虛但很夢幻的不真實感。另一個連豪宅主人都不知道的空間，是避難用的地下室，這個地下祕道要經過一段迂迴的、又長又深的階梯才能到達，裡面竟然藏了一個為了躲債不敢出來的女管家的丈夫，所有的故事情節就發生在這三個各有象徵和隱喻的實體空間內（後來才知道部分是用動畫特效完成的）。如果這三個空間裡的人彼此遵守社會階級約定俗成的規範，這部電影的情節將不會發生。但是，金家四口人「越界」了，當朴家孩子家教的一對金家兒女，用盡心機趕走了原本的司機和女管家，使得金家四口全都進入朴家，這樣穿梭在不同空間的「越界」行為建立了整個電影的大結構，在這個大結構的抽象空間中，所有情節得以發生和開展。那個避難用的地下室，最終還是收留了無法生活在原本的社會中的人，就像朴家小兒子喜歡在自己的庭院中搭起小帳篷一樣——那不是社會上富人和窮人的居住空間，而是回歸本能，讓自己可以更快樂的小天堂樂園。越界造成了一場瘋狂的殺人結局，只剩下孩子的帳篷和逃難地下室得以收留單純和苦難的靈魂。實體空間和抽象空間，搭建起這部電影完美的結構。

◆

「女人的一天是女人一生的濃縮」，也濃縮在一部電影《時時刻刻》中，一天的時間和一生的結果，加上了三個生活在不同時代的女人，形成了以時間做為結構的電影，藉著一本英國女作家伍爾芙（Virginia Woolf）的小說《戴洛維夫人》（*Mrs. Dalloway*），將這三段女人的故事串連起，大量象徵和隱喻，使三段故事相互指涉和呼應，結構相當工整。

電影起始在一九二三年伍爾芙正在寫一本小說《戴洛維夫人》，她想出了小說的第一句話「戴洛維夫人說她自己去買花」，這本小說是以第一次世界大戰後的英國為背景，強烈批判社會階級和性別歧視。她不斷想著結局，決定讓女主角自殺做為人生的結束。

時空跳到一九四九年，一位正懷了第二胎孩子的家庭主婦蘿拉，雖然有著世俗眼光的幸福家庭，但是她並不快樂，她的床頭放了一本《戴洛維夫人》，她深深陷入這本小說中的情節，所以當她的丈夫在她起床後，告訴她說要去買花時，她也不自覺地說了那句：「我自己去買花。」之後便和很敏感的兒子理查一起要為今天生日的丈夫親手做一個蛋糕。

同樣也要去買花的，是一個生活在二〇〇一年的現代女性克勞麗莎，這個名字正好是戴洛維夫人中女主角的本名。她買花是要為她患了愛滋病的詩人前男友理查慶祝，因為下午有一個盛大的頒獎典禮，理查獲得詩人的最高榮譽貢獻獎，但是理查不願意參加，包括頒獎之後的慶功派對。故事到了最後我們才恍然大悟，這個詩人理查正是當年被他的母親蘿拉拋棄的小男孩理查，三段故事再一次得到了完美的連結。

幸福又即將有第二個孩子的蘿拉，為什麼忍心拋棄小理查和她剛出生的小女兒呢？我們可以從伍爾芙的小說中提到的一些句子得到解釋，那是關於「花」和「閱讀」的描述。她曾經描述花不應該只插在花瓶中，它應該在野地中盡情奔放地開著，展現花本來的模樣，這強烈暗示女人應該活得像自己原來的模樣，而不是依附在以男人為主的世界。她也認為一個人不能完全沉迷於閱讀，因為那會使人失去生活上的動力，失去了積極地追尋，她暗示了像蘿拉這樣一個家庭主婦所面臨的困境和抉擇。蘿拉深受啟發，她想要成為她自己，不想成為花瓶中失去生命意義的花，於是狠心拋家棄子，遠赴加拿大重新開始自己人生的追尋。最終她沒來得及見到兒子理查的最後一面，因為理查選擇了自殺來結束自己重病纏身的痛苦人生。

理查的自殺有一個更重要的理由，他曾經說自己勉強面對絕望的每一天，是為了一直照顧他的克勞麗莎，他認為有同性伴侶和女兒的克勞麗莎全心全意照顧他、鼓勵他創作，卻忽略了家人，更忽略了她自己。理查認為唯有自己選擇死亡，才能結束克勞麗莎這樣失去自我的人生。理查總是稱克勞麗莎為「戴洛維夫人」，暗示了即使生活在二十一世紀的此時此刻，做為女人的克勞麗莎仍然過著和一九二三年的戴洛維夫人同樣為了照顧別人而活的被動生命。不同時代的女人的每一天，從甦醒的那一刻開始，已經知道自己未來的一生也是如此重複而乏味了。

◆

時間和空間的交互作用、跳接，使得電影不再只有一種簡單的線性敘事，使得劇本結構有了無限的可能。如果把一部原本線性敘事的影片調整時空，重新剪接成幾段如同拼圖遊戲般的電影，結構完全改變，會變成另外一部電影，這正是電影最迷人之處。如果看了法國導演多米尼克．摩爾（Dominik Moll）和編劇吉勒斯．馬爾坎德（Gilles Marchand）的最新作品《謎夜拼圖》的四段拼圖式電影，會發現這部電影在結構上最迷人之處，便是每一段影片都把前一段沒有說清楚，甚至誤解的情節重新拼接、補足。如果把這四段影片重新拆解，還原成一部線性敘述的劇本，會多麼無趣？在我過去的經驗中，透過重新剪接、時空轉換，拯救了一部電影的故事非常多。

《謎夜拼圖》短短的序幕，揭示了電影的主題：非洲青年勞力士揹著一隻待宰的羔羊，騎著摩托車要去見一位如先知般的長老。羔羊淒厲的哀嚎和恐懼哀傷的眼神，象徵了「人類對愛的渴望和索求」，將使自己成為待宰的羔羊。這個畫面重新出現在第二段，一個無法面對母親死亡、陷入焦慮不安被耳鳴困擾的牧羊人喬瑟夫，扛著一具陌生女人伊芙琳的屍體走在大雪中，愛和獻祭的羔羊形象再一次出現。四段看似完全不相干的影片，會用什麼方式連接呢？當然是每一段影片中出現了前一段影片中的某個角色，而所有懸疑未決的情節，都出現在每一個角色驚慌失措的情緒和眼神中。原來那些眼神和情緒藏著一個不為人知的「祕密」，成為下一段情節發展的連結點。一部好的電影不就是這樣反覆探索人類內心「最難」理解和說明白的東西？所以我們才要繼續拍電影，用電影來了解人生諸多難言苦衷。

這四段故事分別用了四個人的名字做為標題：(1)艾莉絲、(2)喬瑟夫、(3)瑪莉詠、(4)安曼蒂。前三段故事發生在法國多雪的高斯高原，最後一段發生在遙遠的非洲。第一段的艾莉絲是一個樂觀外向的保險業務員，她和經營牧場的老父親和協助照顧牛隻的丈夫米歇爾過著如常規律單調的生活。艾莉絲愛上了一個深陷憂鬱症之苦的牧羊人喬瑟夫，並且會利用去探視他時，和他做愛。可是這一次不太一樣，喬瑟夫和艾莉絲做愛時一臉驚恐。直到第二段「喬瑟夫」時才拼上這一塊拼圖：原來，他發現了一具被丟棄在家門口的女人屍體，全鎮上都在談論這個富豪杜卡特的妻子伊芙琳離奇失蹤的案件。喬瑟夫把屍體安放在堆積如山的牧草堆內，伴隨屍體睡覺，並且放著一段他最愛的歌曲，在哀傷的歌聲中不再會耳鳴和焦慮，歌詞中充滿了愛戀和無法割捨：「你要走了……像消失的太陽，我怕你不在帶來的空虛……」最後他和從天而降的陌生人屍體一起永埋深谷。第三段從一個餐廳女侍瑪莉詠說起，前一段屍體之謎逐漸被拼起來：原來年輕熱情的瑪莉詠和富豪夫人伊芙琳一見鍾情，發展出一段烈火焚身般的同志愛情，但是當瑪莉詠想要和伊芙琳終身廝守時，伊芙琳直接表達她只希望停留在偶爾一次的性愛，她仍然想保有自己的世界，雖然她的丈夫長年在外出差，但是她連瑪莉詠想要在她的別墅過夜都不允許。最後瑪莉詠去住最便宜的樹林中的車房，不久，她發現有人出現在車房外窺探，便非常害怕地打電話給伊芙琳要她過來。兩人在車房內纏綿後再度爭吵起來，伊芙琳打了瑪莉詠一個耳光之後，怒氣沖沖開車離開，這時，藏匿在樹林間的一輛車子悄悄尾隨在後。

最後一塊拼圖留在第四段「安曼蒂」。安曼蒂是一個虛構的性感女人，由詐騙集團成員勞力士所創造。他利用在網路上買到的一張照片和一段色情影片，釣到了在第一段出現的艾莉絲的丈夫米歇爾，一個被岳丈瞧不起，卻又要靠照顧岳丈的牛群為工作的失意男人，他甚至對於妻子的外遇也是淡然以對，他偷偷存錢計畫離開這個家。結果他陷入了情網，愛上了一個不存在的「安曼蒂」，把辛苦存來的錢一把一把寄給勞力士。勞力士騙到了錢，買了名貴的鑽石項鍊送給已經離開他、正在被一個法國富豪包養的前妻。其實勞力士深愛著前妻和他們的女兒，但是沒有能力撫養這對母女，只能加入詐騙集團希望發財。米歇爾駕著車載著艾莉絲，在途中遇到一個向他們搖手想要搭便車的紅衣女子，米歇爾誤認她正是自己朝思暮想的美人兒安曼蒂，又驚又喜地踩了車門狂奔，他以為安曼蒂竟然找上門來了，不能給妻子知道。那個紅衣女子正是悲傷的瑪莉詠，當時她被伊芙琳拋棄了。米歇爾開始跟蹤瑪莉詠，冒然衝進了她的車房，大喊「安曼蒂」，被瑪莉詠踢傷臉部而逃。而他因為偷看到伊芙琳打了他心愛的「安曼蒂」，他尾隨伊芙琳，最後殺了她，在大雪紛飛中，把屍體偷偷放在他的情敵喬瑟夫的門口，所有的拼圖在此才拼完。

當然，或許你已經猜到了結局，包養勞力士前妻和女兒的法國富豪正是伊芙琳的丈夫杜卡特，因為妻子的死亡，他名正言順地把那對母女接到法國。第四段的拼圖更正了第一段故事情節的所有誤會，那一次米歇爾驚惶失措的眼神和受傷，都使妻子誤會他是因為吃醋去找喬瑟夫理論被對方痛毆，所以也殺死對方的狗洩憤；真正的答案在第二段和第四段真相大白：喬瑟夫因為狗去咬了伊芙琳的屍體觸怒了他，憤而殺了狗，米歇爾的傷則是因為去找「安曼蒂」時被瑪莉詠踢的。

四段在時間上有時同步、有時倒敘的結構，每當真相出現時，又會重複一次原來的誤會鏡頭，當時角色驚恐眼神事先提供了想像空間，一塊等待拼圖的空白。這部電影相較於《時時刻刻》和《寄生上流》，利用時空的錯置所形成的結構，更複雜而完美。

電影用時空做為結構，和人的夢境很相似，因為人的夢境是一種「時空的軌跡」。這樣的字眼源自於數學和愛因斯坦相對論，後來被拿來引用在文學評論中，意思是空間和時間是不可分割的，時空的軌跡可以成為一個整體，時間可以「被看到」，空間也可以反映時間和時代的內涵。曾經有一本描寫俄國大導演塔可夫斯基（Andrei Tarkovsky）電影世界的書，就是用《時空的軌跡》（*Chronotope*）做為書名。

我最近常常重複作著一個充滿絕望和無力的夢：我又回到一家全國最大的電視公司上班，我的職位介於公司老闆和節目部經理之間。我的老闆非常忙碌而活躍，很少過問公司節目的事，甚至收視率很低也無所謂。我不清楚自己的權力和責任是什麼，我處在無計可施、不知如何使力的茫然狀態，每天上班下班，領著一份還不低的薪水，內心充滿了愧疚。這個夢很有意思，因為它結合了我四個不同時期的上班經驗，老闆是我很年輕時，在電影公司遇到的老闆，電視臺是我在中年之後去過的兩家電視臺的混合，我曾經在其中一家當過天天追著收視率跑的節目部經理，在另外一家當過收拾殘局非常無力的總經理。而真正感到無計可施、不知如何使力的，正是我當下真實的工作狀況，我扛著幾個頭銜，但是摸不清楚自己的權力和責任。四個不同時空的工作狀態，四個不同角色混搭，反覆出現在我的夢中，使得這個夢境比現實還真實，難道這正是那本義大利大導演費里尼（Federico Fellini）的傳記《夢是唯一的現實》（*On Fellini's Footsteps*）想要表達的嗎？用時空的軌跡做為數學函數中的那臺結構機器，正是我想要表達的。如果要對電影的結構有更進一步的理解，不妨看看塔可夫斯基如詩一般的電影和費里尼如夢一般的電影，有助於更了解電影的結構。

你看過西班牙畫家達利（Salvador Dali）那些用軟錶或軟鐘做為主題的畫作〈永恆的記憶〉和雕塑作品〈時間的高貴〉、〈時間的輪廓〉嗎？如果用電影結構來解釋，那正是透過時間的消逝和變化所創造出來的空間，所有的故事得以在這個空間中展現。

# 範例三・《國中女生》分場大綱（第一至十九場）

〈一〉小莉家

昨天是我十五歲生日，我故意把這一天給忘了，反正也不會有人記得。所以我過了一個寂寞安靜的生日，可是，秀秀，你真的也忘了嗎？我想知道。

〈二〉教室

Happy Birthday，小莉，我哪會忘記你的生日。我只是假裝不記得而已。因為你前幾天問我說，你怎麼又生病了？我不喜歡你用那種口氣。你該問我，好一點了沒？是不是？你的生日禮物在一星期以前就準備好了，我放在你的抽屜裡。

另外那條裙子也替你改好了，家事課最大的收穫就是證明我也可以自己裁衣服了。

〈三〉廁所

謝謝你的背包，秀秀，如果我是男生，一定要娶你做老婆，因為你實在善解人意。上午在廁所撞見李姍在發飆，帶兩個女生打人，我瞟了她一眼，她指著我，好像要我小心。

〈四〉教室、廁所

李姍那些人曾經剪別人的眼睫毛，很殘忍。她們有大鳥在撐腰，所以很囂張。你最好不要惹她，小莉！你知道那次我們和阿寶那班小男生打躲壁球，結果球滾到大鳥那一班，大鳥怎麼整阿寶嗎？

阿寶說，大鳥要他對著他們的課表敬禮，因為他們課表上的老師名單如下：

國文老師——聖戰士
音樂老師——張雨生
體育老師——鄭志龍
理化老師——E.T.
英文老師——麥克·傑克森
數學老師——天才老爹
班長——乖乖虎

然後大鳥那班要阿寶唱〈我的未來不是夢〉，又要學麥克．傑克森唱〈你給我的感覺〉，又要學鄭志龍雙手灌籃，學E.T.笑。

最後他們要阿寶脫褲子，看他褲子裡的球。

阿寶被他們整哭了，可是刀疤不但沒有處罰大鳥，反而對阿寶說——你自己要小心一點。所以，沒有人可以救你，如果你惹了李姍或大鳥。

〈五〉KISS餐廳

秀秀，你不用替我擔心，我知道大鳥和李姍怕誰。

我看不慣他們在學校橫行霸道的樣子，他們也不敢惹我。下次我帶你去一個大鳥和李姍常去的地方練練膽子。

〈六〉秀秀家

小莉，昨天晚上聽「夜半歌聲」，主持人說：

我們經常在黑暗中追逐一種孤獨的感覺，孤獨就像一種藏在口袋的小精靈，走到哪裡，跟到哪裡。孤獨就是長在庭院的九重葛，攀附著自己往上爬，孤獨也是隨風而倒的小草。

我仔細品嚐主持人的話，感到很有哲理，不過更有趣的是，主持人唸著：底下是明倫國人二年五班阿寶同學所點的歌，他說要把這首歌獻給三年八班的吳茉莉同學。

小莉，你猜阿寶送你什麼歌？竟然是羅大佑的〈無言的表示〉。

我打電話想通知你，可是你沒回家，那麼晚了，你去哪裡玩啊？

我很擔心你。

〈七〉ＫＩＳＳ餐廳、街道

秀秀，什麼是孤獨？

孤獨就是一種擋不住的感覺，一種不想再和世界爭辯的感覺。

我不喜歡阿寶老是跟著我的感覺，他太小，應該去吃「兒童速體健」。

我終於認識了那個大鳥和李姍最崇拜的人，他叫「小九」。

小九給人一種擋不住的感覺，他很酷，很帥，可是也很溫柔。尤其是在那種地方，整個空間充滿了雷射光影和吼叫，每個人感到天旋地轉，夾在人堆把雙手伸在空中揮啊揮的，好像隨時都會變成升空的泡沫，在最美麗的一刻就破了。秀秀，你應該跟我來玩的，不要再去想升學考試，不要把自己困在小小書桌前，聽那個「夜半歌聲」主持人胡言亂語。

我知道，我只要打進小九那夥人的生活圈，大鳥和李姍就不敢再作怪了。

相信我吧，秀秀。

〈八〉校園內

小莉，阿寶實在是一個痴情的少年啊。他最近去找三年一班的杜以康，就是大家叫他情報局局長的那個天才學生。阿寶問杜以康要如何追到你，你猜杜以康的建議是什麼？他要阿寶隨身帶一把梳子，改變髮型，變得「酷」一點。

如果下次遇到阿寶，他不會再用遙控車載情書來給你了，他會給你「酷」一下，小心不要笑掉了下巴。

〈九〉教室內外

小莉，你怎麼又遲到了？你知道風紀股長宣布遲到的人要在午休時間唱歌給全班聽的。你不要不在乎，我替你緊張，最近在搞什麼嘛，小莉？

〈十〉校園外

小莉，那天阿寶果然改變了造型跟蹤我們時，你忽然在他面前吻了我，把我嚇了一大跳，也把阿寶嚇跑了。

你猜你吻我的時候，我第一個閃過腦袋的字是什麼嗎？

是ＡＩＤＳ。

〈十一〉秀秀家

小莉，你好久沒寫紙條給我了，你在忙什麼？

最近爸爸的股票大概又跌了，火氣很大，昨晚和媽媽吵架，媽媽順手把裁縫桌上的尺拿起來和爸爸打架，爸爸搶下那板尺追打媽媽。爸爸逢人便談他和別人相反的高買低賣原理，一旦漲了，他會覺得他是世界上一流的金頭腦，如果跌了，他又會大罵股票市場虛胖不合邏輯。

最近他買的股票全都被套住了，我們全家都沒好日子過了。

阿丹問起我要不要參加他指導的舞臺劇，我說要考慮，因為輔導課上完太晚了，我希望多一點時間復習功課，我知道以目前的成績是考不上高中的，但我還是想試。

今天走在街上聽到重金屬搖滾樂唱的〈倒數計時〉，聽得整個人心在狂跳，所剩的時間不多了，一切都在倒數計時。

小莉，我開始有點心慌了。

〈十二〉咖啡店

秀秀，昨天我們要進咖啡店時遇到我老媽，我立刻帶你離開，知道為什麼嗎？我老媽最怕在別的男人面前遇到我，她怕人家知道有我這麼大的女兒。如果你在街上遇到她和我，你一定要說，哇，你們真像一對姊妹呀。她就會笑得心花怒放，說，哎喲，都快四十的人了。不過，很多人都這樣子說。

下次一定要帶你去ＫＩＳＳ，土豆也要開一次花吧？

〈十三〉土雞城內外

秀秀，昨晚和小九他們去土雞城喝酒，真是很詭魅的夜啊。喝了酒以後，開心死了，覺得世界變得好棒，我像長了翅膀的天使，想飛上去。世界好像一個在發光的球在轉，星星好亮好清楚，車燈啊街燈啊全都亮了起來。

秀秀，你應該出來的，不要躲在你的小房子裡。

秀秀，我好感動，真的，眼淚都止不住了。

〈十四〉教室內

小莉，你不應該和數學老師頂嘴，他已經告到訓導處了。

〈十五〉教室內

秀秀，我們不要再被別人用言語侮辱了。數學老師在下課後還繼續抄黑板，並且說：我都不急你們急什麼？是看得起你們，不放棄你們，才肯這樣教，別的老師有這麼不計成本嗎？秀秀，你能不生氣嗎？

〈十六〉校園

其實他說的沒錯，除了阿丹的理化和他的數學還在教，其他老師早就放棄我們了。

你不應該和一個對我們比較認真的老師計較，這次是你的錯，應該去向他道歉。

〈十七〉老師辦公室

秀秀，你不必教訓我，阿丹已經把我海罵了一頓。他把我的週記丟到地上說，你是從好班轉來的，你本來可以在最好的班，你自甘墮落，現在連週記也不交。

你猜我週記上寫什麼，我告訴你。

國內、外新聞——天下本無事，庸人自擾之。

週訓與實踐規條——人是為愛而活。

師長訓話——失敗為成功之母，反省為成功之父，父母結合，才能生出成功之子。

得失記載——人生有得必有失，有失必有得。

秀秀，我不是故意的，因為最近我陷入了一種起伏的心情中，無法控制自己。

〈十八〉大屯山

秀秀，我真的戀愛了，我真的愛上小九。

你知道戀愛是什麼嗎？

戀愛就是和你所愛的人坐在大屯山，臺北的燈火全在你們的腳下，那一刻，你可以為愛跳下去，讓自己沉入城市的燈海裡，游啊游啊。

戀愛就是像一大堆往天空飛的蜂炮和煙火，在天空稍縱即逝，可是卻在天空留下了永恆，永不後悔。

戀愛就是天際初露的晨曦，那一道道的光環沒有被大地汙染，純潔乾淨的日出，每天都一次。

這世界還好有日出。

這世界還好有戀愛。

戀愛真好，像日出一樣美好。

〈十九〉東門町電玩店

小莉，到處找你，找到了東門町的電動玩具店。遇到局長杜以康、阿寶和李姍。局長玩雙截龍，大家都圍著他看，他很厲害，後來我們四個人便玩在一起了。

我送給阿寶一樣家事課做的鏡框，騙說是你送他的，他樂得幾乎要哭呢，別怪我替你做，因為阿寶怪可憐的。

小莉，李姍說，和小九混的女人都會死得很快、很慘，很難看。李姍還說，你準備給小九吃幼齒補眼睛。

小莉，為什麼還執迷不悟？

# 文學如何
# 改編成電影

文學電影，還是電影小說？

從小說到劇本

轉換也是全新創作

# 文學電影，還是電影小說？

「有電影感的小說會令讀者在閱讀時浮現如電影般的感受，但是不一定適合改編成電影。」

Ah Fei

油麻菜籽

**導演**・萬仁 **編劇**・侯孝賢、廖輝英
**發行**・1984

Out of the Blue

小爸爸的天空

**導演**・陳坤厚 **編劇**・朱天文、侯孝賢
**發行**・1984

Jade Love

玉卿嫂

**導演**・張毅 **編劇**・白先勇、張毅
**發行**・1984

**片單便利貼**

Kendo Kinds

竹劍少年

**導演**・張毅　**編劇**・小野、張毅　**發行**・1983

That Day, on the Beach

海灘的一天

**導演**・楊德昌　**編劇**・吳念真、楊德昌
**發行**・1983

The Sandwich Man

兒子的大玩偶

**導演**・萬仁、曾壯祥、侯孝賢　**編劇**・吳念真
**發行**・1983

A Summer At Grandpa's

冬冬的假期

**導演**・侯孝賢　**編劇**・朱天文、侯孝賢
**發行**・1984

我們先來解釋兩個在定義上並不太清楚的名詞：「文學電影」和「電影小說」。

一般人可能直覺地認為，文學電影是由文學作品改編而來的電影，電影小說就是圖書市場上常見到、為了行銷電影而把電影故事改成小說的出版品。但是對我而言，這兩個名詞正確是這樣解釋的：文學電影是具有文學性的電影，「不一定」要由文學作品改編；電影小說是具有電影感的小說，「不一定」適合拍成電影。所以，在這兩種定義之下，便有第三種可能，那就是「適合」改編成電影的小說，也被稱為「電影小說」。

最近這幾年，「電影小說」這名詞因為有個專門提供電影界改編成為電影的小說徵選比賽——「華文世界電影小說比賽」，而逐漸又有新的解讀。這個比賽已經辦了七年，累積了不少相當優秀的小說作品，各種類型都有，雖然已經有電影公司買下了其中一些作品的版權，不過至今尚未有電影作品完成，畢竟每部電影的完成都是一個奇蹟，並不是那麼容易的。我是這項大規模比賽中唯一連續七年都參加決審的評審委員。主辦單位在每一年都邀請了許多文學界和電影界的朋友參加評審工作，在初審、複審和決審的過程中，什麼是「電影小說」總是反覆被提出來討論，並且沒有標準答案。

比賽進入到決審階段時，往往會缺乏「共識」，來自電影界的評審們，通常會受到實際製作和電影市場的因素做出判斷和取捨，但來自文學界的評審們，仍然堅持著文學創作中更重要的是文字功力和文學藝術，畢竟「電影小說」這樣的新名詞，小說才是主詞，電影只是形容詞。這樣的說法也有些站不住腳的地方，因為這種標準只適用在一般的文學獎，並不適用在冠上「電影」這樣巨大的形容詞底下的電影小說獎。

在評審們一次又一次的辯論過程中，漸漸凝聚了共識，也不停地思考這兩種不同形式創作之間的關係。在電影工作者中，編劇的角色是最接近文學的，他們書寫的劇本是通過文字來完成，文字成了最重要的表達工具。

所以，在編劇的進階課程中，我決定將電影和文學之間的糾纏和曖昧做一次完整的整理，應該有助於編劇初學者。

「文學電影」這樣的概念，起源於早期接觸到的一些歐洲新浪潮電影，除了法國、義大利之外，對我最具啟蒙意義的反而是德國新電影浪潮，那些我起初看不太懂的大師級電影，如荷索、法斯賓達、溫德斯，他們的電影形式和語言超越了我曾經看過的國片或是好萊塢商業大片。直到我親身參與了上個世紀八〇年代風起雲湧的臺灣新浪潮之後，除了創作者的角色之外，我也扮演了鼓吹者和定義者，四處演講，也不停發表文章。其中有一篇是〈新電影中的文學特質〉，我提出了五個觀念並且舉了一些例子來解釋：

一、結構上的曖昧容忍度增強。減化了一些情節中直接的必然性和相關性，像文學作品一般留下更大的寬容性和想像空間，例如侯孝賢的《風櫃來的人》和《冬冬的假期》、陳坤厚的《小爸爸的天空》是這類作品的先驅。

二、聲音和畫面各自分離、各自獨立完成的段落增加。例如楊德昌的《海灘的一天》、萬仁的〈蘋果的滋味〉和《油麻菜籽》。萬仁曾經說：「我要的是那個味道，有時候比合理性更重要。」

將電影中的音畫分離後所創造出來的效果，使得情緒節奏的「稠密性」增強，這種「稠密性」是電影語言，就像是小說中文字的稠密性，如同王文興和七等生對小說文字的精準要求一樣。

三、大量色彩圖像及物體、行為的象徵和隱喻的運用。原本象徵和隱喻只出現在文學作品中，過去的臺灣電影忽略了這些屬於文學的元素，在新浪潮電影的首部四段式影片《光陰的故事》中，大膽揭示了新、舊電影在文學性上的明顯差異。陶德辰在第一段的〈小龍頭〉中處處可見這些象徵和隱喻，柯一正在〈跳蛙〉中也用了很多這樣具有文學性的元素。

四、詩意的旁白和精簡生活化的對白。這部分比較不屬於電影本身的鏡頭語言，而是純粹文字上的。臺灣新電影從《小畢的故事》到《海灘的一天》、《竹劍少年》、《玉卿嫂》，都由一個成長中的少男、少女做為敘事者，旁白也增加了一些，這些旁白都富有一種舒緩而抒情的文學語調。

五、空鏡頭及長鏡頭的運用。從電影鏡頭所創造出來的電影語言中，空鏡頭和長鏡頭的運用是最近似文學的，它可以說是構成「曖昧容忍度」和「音畫各自分離、獨立」的重要工具，這在早期的臺灣電影比較少見的。侯孝賢的長鏡頭和楊德昌的空鏡頭，都是國際知名的經典電影語言。

哪些小說具備了電影感？哪些小說適合改編成電影？小說本身在文字敘述上充滿了影像和聲音的描述，甚至都有了攝影機運鏡的感覺，在段落上有電影剪接的情緒節奏，我們可以說這篇小說具備了「電影感」。具有電影感的小說會令讀者在閱讀時浮現如電影般的感受，通常是比較容易閱讀的，但是不一定適合改編成電影。通常我們在挑選某部小說來改編成電影時，它可能同時具備了以下幾種特色：

⑴人物角色鮮明清晰
⑵故事情節深刻動人
⑶故事場景具感染力
⑷故事背景具時代感

這些簡單的條件加上「具可拍攝執行性」，正好是已經舉辦了七年的「華文世界電影小說比賽」，在徵求作品時開列出來的「必要條件」，做為評審時的參考。

# 從小說到劇本

「很難想像一個電影編劇沒有閱讀文學作品的習慣，從創作的角度來看，電影和文學幾乎是同一件事情。」

**片單便利貼**

A Flower in The Raining Night
看海的日子
**導演**・王童 **編劇**・黃春明 **發行**・1983

台視優質劇場
嫁妝一牛車
**導演**・劉議鴻 **原著**・王禎和 **發行**・2001

台視優質劇場
兩隻老虎
**導演**・瞿友寧 **原著**・王禎和 **發行**・2001

台視優質劇場
香格里拉
**導演**・陳坤厚 **原著**・王禎和 **發行**・2001

The Great Buddha+
大佛普拉斯
**導演**・黃信堯 **編劇**・黃信堯 **發行**・2017

和文學的歷史相較，電影的歷史非常短，在廣義的分類上，電影應該是屬於文學底下的一個項目而已。就算是不進入改編成電影劇本這個步驟，大量閱讀文學作品可以擴大一個電影編劇者的視野，增強對生命及生活的各種感受能力。我很難想像一個電影編劇沒有閱讀文學作品的習慣或是興趣，從創作的角度來看，電影和文學幾乎是同一件事情。

一九八三年，有兩部以黃春明的小說改編的電影先後上映，由於票房轟動，引爆了當時國片改編純文學作品（相對於過去比較習慣改編言情小說）的一窩蜂熱潮。它們分別是為臺灣新電影運動奠基的三段式電影《兒子的大玩偶》（含〈蘋果的滋味〉和〈小琪的那頂帽子〉），以及王童導演的《看海的日子》。這兩部電影在推出前和推出後，有許多不為人知的過程，都是極為激烈的鬥力和鬥智，比電影或是小說本身更高潮起伏。

我在中影的重要夥伴吳念真，本身也是小說家，由我們一起思考電影故事時，從過去臺灣的文學作品中尋找文化的土壤和養分可說是一種必然。我們第一次討論到先要挑選哪一位作家的作品來改編電影時，吳念真提到黃春明，我提到王禎和與七等生，之後我們決定先拍黃春明的三個短篇小說：〈兒子的大玩偶〉、〈蘋果的滋味〉和〈小琪的那頂帽子〉。

這個計畫傳到民間電影公司後，竟然發生了搶購黃春明小說版權的風潮，有人搶先一步要把黃春明的所有小說版權購買下來。當我們趕到黃春明在宜蘭的老家時，差一點買不到這三篇小說的版權。最後我們向黃春明先生報告改編的方向和聘請三位新導演的計畫後，才簽到了這份後來改變臺灣電影史的三篇小說的合約。

為什麼是黃春明？因為他是一個說故事高手，他小說中的主角雖然都是平凡小人物，但是他對於角色個性的描述都非常清晰生動，他們無奈的處境也非常值得同情。例如〈兒子的大玩偶〉中以打扮成小丑掛著電影看板為業的三明治人（可以想成是現在用自己當成人型立牌銷售房屋的人，或是在一些大型遊樂場所固定扮演某種角色為業的人），〈蘋果的滋味〉中被美軍的軍車撞倒送醫院急救的工人，〈小琪的那頂帽子〉中販售日本壓力鍋的年輕推銷員。從這樣具備了鮮明個性和處境的角色做為構思的起點，又具備了深刻動人的情節，而真正能觸動整個社會的集體情緒。這正是過去國片最缺乏的時代感和對社會的批判。把三個不同的故事放在一起，所有能激發臺灣觀眾深刻的思考、探索、反省的感染力就爆發了。影片完成之後，立刻遭到電影公司上級單位「國民黨文化工作會」全面封殺。一部深刻的電影，能令威權控制的政府恐懼，必除之而後快，正是電影能創造的影響力和感染力。從一般觀眾的反應可以感覺到，電影中那些值得同情的小人物的言行舉止，才是他們真正被感動的原因。

所謂的「言行舉止」可就是改編者的功力了，編劇在人物的行為和對白中做了不少的加強，增強了整部電影的辛酸和幽默感。而這部電影的編劇正是吳念真，那已經是一九八三年的事情了。事隔十七年後，當我成為臺灣電視公司節目部的經理時，仍然沒有放棄要改編王禎和的小說成為影視作品的念頭，於是找了三組人馬同時完成了王禎和的幾篇經典作品〈嫁妝一牛車〉、〈兩隻老虎〉、〈香格里拉〉。選這幾個故事的理由和選黃春明相同：這幾篇小說中的角色、情節和時代意義都相當具有強烈的戲劇性。

回憶在中影時期，先選擇黃春明而暫時捨棄王禎和的原因是，改編黃春明的小說比較容易忠於原著精神，觀眾也比較容易接受，當然也有票房上的商業考慮。相較於黃春明筆調間的熱情、溫暖、同情、浪漫、擁抱，王禎和的小說更接近現代寫實主義，他的筆調相當冷靜，和每個角色都保持一種距離，近乎殘酷。所有的悲憫和同情一旦在編劇時處理不好，會成為冷嘲熱諷、嬉笑怒罵，甚至剝削小人物。這正是做為編劇時最難拿捏的地方，也是改編這類鄉土小說成功或失敗的關鍵。

近幾年來，處理小人物故事的臺灣電影，能掌握住謔而不虐、悲憫關懷精神的當屬《大佛普拉斯》了。編導黃信堯把電影建立在臺灣早期默片時代說戲人和黑白臺語片的基調上，用旁白來掌控觀眾進進出出戲劇的節奏，打破了許多正統編劇教材上的規則，例如「能夠不用旁白就不要用旁白來解釋劇情」這樣的原則。黃信堯的作品再一次顛覆了傳統僵化的編劇理論，自成一家、非常精采。《大佛普拉斯》雖然不是由文學改編，但卻是由黃信堯自己的短片改編成長片。這過程有點類似我們看到了一個短篇小說，覺得從人物、情節到結構都很適合拍成一部長片，於是思考在結構上如何改變——這是我所見過最成功的例子之一。

《大佛普拉斯》的改編，不只是把「短」的拉成「長」的，而是打掉原來的結構，重新架構出一個全新結構，再把原來的人物、情節放進這個全新的結構中。在全新的結構中也會因為結構的改變，增加了一些角色或是情節，例如在長片中多了一個比原本兩個主角更虛無的、沒有語言的、沒有方向的流浪漢釋迦。這直接讓我想到王禎和在小說《嫁妝一牛車》中引用美國作家亨利．詹姆斯（Henry James）的名言：「生命中總也有連舒伯特都無言以對的時候。」導演重新創造了一個打扮乾淨整齊卻沉默、無言，只有一臉茫然表情的釋迦，一再投射出和他生活在一起的另外兩個角色肚臍和菜脯，使得這部作品更加完整而深刻。

◆

在《看海的日子》中，黃春明對小人物的悲憫情懷，和對環境氛圍的精準描繪，都十分值得我們當成教材來研究。

這篇小說在結構上相當嚴謹，作者也用小標題分出了劇情發展的段落，從妓女戶所在的南方澳漁港的季節生活描述的〈一、魚群來了〉，到女主角白梅在火車上遇到已經從良而且做了母親的鶯鶯，勾起她痛苦回憶的〈二、雨夜花〉。從在火車內繼續回憶白梅和鶯鶯不同命運的比較，和對於擁有自己孩子的渴望的〈三、魯延〉（鶯鶯的孩子的名字，生命延續下去的意思），到故事中令白梅真正動容到想要和他生孩子的討海人阿榕的出現，和兩人有限的相聚卻給阿梅無限想像和期待的〈四、埋〉（埋下微弱的希望、被埋葬在殘酷社會中的命運）。從白梅返回九份坑底的老家引發了自己悲慘的童年回憶的〈五、坑底〉，到白梅懷胎十月非常詳盡的描述〈六、十個月〉，和最後一段白梅抱著沒有爸爸的孩子去看海的〈七、看海的日子〉。

如果順著小說原本這樣七段式的結構，在時間的順序上是非常清楚的：現在進行式和幾段不同時期的回憶，如果在結構上完全忠於原著，其實是很好也很簡單的改編方式。回憶的部分可刪可增，問題也不大，因為原著在人物的個性、情節的安排、情緒的轉變都非常鮮明。

但假設要把這篇小說改編成短片呢？那就得有更大膽的取捨了。曾經有位十六歲的學生想要挑戰重新改編《看海的日子》，我試著向她提出一個很大膽的建議，把七段中的第六段〈十個月〉拿出來成為新的劇本結構。這一段在小說中很長也很重要，佔了整部小說的三分之一，而且在文字上對每個月的描述相當優美：「五月的陽光並沒有掉落坑底這個角落」、「六月是土地向勞力還債的時候」、「七月有時只是屬於某一個人的」、「八月、九月和十月在他們的記憶裡，像一隻貓那樣的走掉」、「十一月是有潔癖的」、「十二月脫去以往的黑紗，露出笑容走來了」。

如果就用白梅懷胎的這「十個月」做為現在進行式，分成十個小段，每一段都用上黃春明在小說中的文字做為開場旁白，其中穿插編劇想要放在其中的回憶，是不是會有另一種可能？

所以，要將一部文學作品改編成電影，真的是有無限可能性，那位學生結束我的課程後，仍然一直執行著這個改編計畫。

# 轉換也是全新創作

「劇本改編自文學作品，其實並沒有是否忠於原著的問題，精神上忠於原著比形式結構忠於原著來得重要。」

Nachtzug nach Lissabon

里斯本夜車

**導演**·Bille August **編劇**·Greg Latter、Ulrich Herrmann **發行**·2013

Carol

因為愛你

**導演**·Todd Haynes **編劇**·Phyllis Nagy
**發行**·2015

The Danish Girl

丹麥女孩

**導演**·Tom Hooper **編劇**·Lucinda Coxon
**發行**·2015

Bridge of Spies

間諜橋

**導演**·Steven Spielberg **編劇**·Matt James Chapman、Ethan Coen、Joel Coen
**發行**·2015

## 片單便利貼

### The Talented Mr. Ripley
天才雷普利

**導演**·Anthony Minghella
**編劇**·Anthony Minghella **發行**·1999

### Kamikaze Girls
下妻物語

**導演**·中島哲也 **編劇**·中島哲也
**發行**·2004

### Brokeback Mountain
斷背山

**導演**·李安 **編劇**·Diana Lynn Ossana、Larry Jeff McMurtry **發行**·2006

### Memories of Matsuko
令人討厭的松子的一生

**導演**·中島哲也 **編劇**·中島哲也
**發行**·2006

### Lust, Caution
色，戒

**導演**·李安 **編劇**·James Allan Schamus、王蕙玲 **發行**·2007

### Confessions
告白

**導演**·中島哲也 **編劇**·中島哲也
**發行**·2010

### We Need Talk About Kevin
凱文怎麼了？

**導演**·Lynne Ramsay
**編劇**·Lynne Ramsay、Rory Stewart Kinnear
**發行**·2011

### Life of Pi
少年 Pi 的奇幻漂流

**導演**·李安 **編劇**·David Magee
**發行**·2012

從原著小說改編成電影劇本的過程，有時是簡化了某些複雜的背景或是心理狀態，有些反而是豐富了原本小說中比較簡單的描述，例如李安的《斷背山》。

《斷背山》是非常忠於原著的成功改編，小說中的每一句對白都用在劇本上了，但是這並不是真正忠於原著的地方。真正忠於原著的地方，是原著想要深刻描述美國拓荒牛仔的真實生活面貌和內心世界，編劇們花了極大的心力在重新了解原著中想呈現的牛仔精神，往往在原著中一兩句簡單的敘述一筆帶過，卻要花上編劇非常多心力增添細節、動作、對白來呈現那一、兩句話。

我想，他們花了很多工夫在對牛仔的田野調查上，不是過去我們所熟悉的刻板西部英雄的人物所能比的。不管是把複雜的心理變簡單，或是把簡單的敘述變複雜，找到適當的結構，忠於原著的創作初衷，應該是改編小說成為電影的原則之一。

我有很多代表公司去和作家洽談小說改編成為電影的經驗，也有許多自己親自改編其他作家作品成為電影的經驗。每當我面對一個作家時，我就會把自己這些改編的原則很誠懇地和對方溝通，絕大部分的作家都會同意作品被改編成電影後，作者已經換成了編導，而不是自己。但是也有堅持自己作品本身已經具備了電影中的所有重要元素，包括音樂性和剪接等，不希望被輕易改編的，那我就不敢輕易承諾這樣的條件了。畢竟創作是非常主觀的，一定得要尊重原創者。

改編文學作品的過程的確可以讓編劇初學者得到一些啟發和思考，所以我曾經把這樣的作業當成是學生的「期末作業」題目，我在乎的是同學們是否能提出「為什麼要改編？」和「如何來改編？」也就是在改編的過程中，有什麼「新」的觀點？有自己的觀點是做為一個初學者相當必要的條件。

同樣是改編張愛玲的《色，戒》，李安看到的也許是男人和女人在面對愛情時不同的態度和價值，換成楊德昌來改編，他看到的也許是那個混亂鬥爭複雜的時代對人性的扭曲——李安看到的是人內在矛盾、情緒和渴求，楊德昌看到的是社會大環境的外在壓迫和形塑。李安用的是「大特寫」，楊德昌用的是「長鏡頭」。這就是所謂的觀點，這是一切創作的核心和初始。

從文學作品改編成電影劇本，是由充滿想像力的文字描述轉成比較具體的影像和聲音，這個過程一定有所失去、有所增強。所以，從一段文字的描述中去思考那些可以想像和重新創造的空間，是最大的樂趣和功力。每次有機會和學生談到文學改編成電影的例子，我都不會漏掉李安，因為他挑選文學作品的多樣性和體裁的跨越種族，也因為他是我所熟悉來自臺灣的導演。他成長的文化背景和西方電影的訓練所融合出來的特殊視野和觀點，正是臺灣學生應該深入了解的對象。如果你問李安是如何挑選文學作品來改編的，我想可以從他為什麼要拍電影談起，可能就更接近答案了。在一次他和我在《少年Pi的奇幻漂流》上映前的公開對談中，他一再表示自己對於那種定於一尊的說教、大道理都不相信，就像他雖然沒有任何宗教信仰，但是他對於任何事物都抱著熱情、懷疑和探索的心。他說：「如果可以用幾句話說清楚的東西，就不勞耗費如此龐大的人力和物力來拍電影了。」所以只有靠著電影（技術層次和內容複雜度）才能來處理的東西，又可以找到新的形式或觀點，那些小說才值得去完成。

挑選文學作品來改編，常常是因為我們在文學作品中找到了觸及自己內心深處的東西，被綑綁禁錮的思想可以得到救贖，被外在力量壓抑的情感得以解放；如果又能夠找到一種有創意的改編方式，在改編過程中享受重新組合原著的快樂和痛苦，正是文學改編成電影最高的價值。

◆

劇本改編自文學作品，並沒有是否忠於原著的問題，精神上忠於原著比形式結構忠於原著來得重要。因為導演和編劇可能只是看到了文學作品中的一個「不可取代」的核心價值，可能是突出的角色、不可思議的情節，甚至只是其中一個具突破性、創造性的觀念而已。把短篇小說拉長，或是把長篇小說縮短成為一部電影並非改編的重點，能夠找到一個全新的結構和觀點來豐富原本的文學作品，才是改編文學作品時的最高境界。電影《因為愛你》改編自派翠西亞・海史密斯（Patricia Highsmith）的小說《鹽的代價》（*The Price of Salt*）。這部半自傳體的小說，時空是五〇年代的芝加哥，電影中出現了許多那個年代的生活物品，例如黑膠唱片、電報，這些看似無足輕重的訊息很重要，因為在那個年代，女同志是非常禁忌的，而這個禁忌主導所有情節的開展。

在原著小說中不可避免的，有許多關於兩個女人原本各自的生活和心理狀態，因為她們各自都有原本在世俗眼中「正常的」、「幸福的」婚姻和愛情關係，在改編時，編導把這些各自原本的生活簡化，集中全力透過影像和肢體表演，讓這兩個不同世代、不同階級的女人從相互吸引、試探、相愛到不可自拔。

電影《丹麥女孩》中，編導也簡化、省略了原著小說中妻子葛蕾塔本身極為複雜的心理變化。從電影中，我們看到的可能只是一個妻子的偉大情操，接受及陪伴深愛的丈夫進行變性手術，讓他成為真正的自己。我們看到的可能是妻子的真愛和犧牲，但是原著小說中對於妻子本身的可能性向和心理轉變描寫得更加細膩而複雜，甚至和電影中表達出來的「愛」是不完全相同的。

電影《凱文怎麼了？》是能解釋小說和電影採用完全不同的結構，卻說了一個相同故事的例子。原著小說採用了一種書信體的方式，緩緩進行著情節的開展，在書信中探討親情、教養、生命。描述一對曾經努力著並且反省著，做為父母親應該如何對待自己孩子的夫妻，文字深情款款。直到書信最後才知道，妻子是對著已經被親生兒子射殺的丈夫說話。改編為電影之後的結構沒有多餘的書信做為旁白，直接從兒子無差別殺人後的情節開始，訴諸強烈的色彩和影像，利用時空的跳接，串接起整部電影的結構，仍然保有原著的懸疑和企圖探索的精神。

《天才雷普利》、《因為愛你》、《間諜橋》、《里斯本夜車》這幾部作品的改編有一些共同點，我們可以在這些文學作品改編成電影劇本的過程中，發現一些簡單的共同法則，例如為了發揮電影的影視音的特質，有時候編劇會修改原有角色的職業，像《因為愛你》中的特芮絲在原著中是舞臺設計師，卡蘿說她的作品並不好；但是在電影中特芮絲擅長攝影，卡蘿極為欣賞她的作品，還送了她一臺專業昂貴的相機。同樣的，在《天才雷普利》中富家少爺的職業從美術改變成音樂，編導用音樂的渲染力取代原本靜態的攝影作品。

◆

另外，在文學作品轉變成劇本時，為了配合編導在情節上的發展，人物的刪減也是常常發生的，例如在《里斯本的夜車》的改編過程中，很多書中的人物都未曾出現，例如阿曼度的妻子法蒂瑪與么妹美洛蒂，以及異性好友瑪莉亞。尤其是瑪莉亞，其實在原著小說中她對於阿曼度具有舉足輕重的影響，但是編劇決定刪除這條線。

雖然電影和原著在敘事結構上的調整更是經常發生，《里斯本的夜車》的原著有四百多頁，主線支線交錯內容繁多，電影的結構也在插敘、倒敘中來回交疊，但是電影在編劇時，考慮比較多的是每個角色的關係和情緒轉變。

《間諜橋》原著《間諜橋上的陌生人》（*Strangers on a Bridge*）採取日記體，並且用倒敘做為開始，電影的結構完全不一樣。有些在小說中的人物關係到了電影中，多少會加強或是削弱。我原本最喜歡《間諜橋上的陌生人》中對於兩個陌生人如何成為相知相惜朋友的過程，他們在智識上的交流著墨甚多，電影在這方面只是點到為止；他們對於彼此家人的了解，在電影中也省略了。但是在《因為愛你》的電影劇本中正好相反，反而是集中在兩人的情緒和戲劇性，強調了兩人在彼此心靈上的轉變和默契，捨棄了其他不必要的情節。

電影在改編時，有時為了加強戲劇的效果，編劇會刻意去更動某個角色的背景甚至性格。例如在《里斯本夜車》小說中的紅衣女子，故事一開始出現後，便無疾而終，在電影中她成為暴君門德茲的孫女，深愛著爺爺，所以當她知道爺爺是人人心目中十惡不赦的大壞蛋時，她的人生瞬間茫然無措。這也讓觀眾有了從另一個角度看人的思維：所謂的壞人卻可能是親人的守護神、和藹的長者。

為了增加情節發展的戲劇性，電影劇本也會增加某些情節，例如《間諜橋》電影中就多了一條對照律師救人的情節，增加美國偵察機飛行員被捕的過程，也增加了東、西德當時的混亂狀態，在柏林圍牆內外所發生的緊繃情勢，小說中沒有，電影豐富了這個部分。

小說原著文本並不會被電影改變，但電影感覺上又是全新的作品。有時候在文學作品中很長、很詳盡的環境和人物的描述，在電影中透過適當的場面調度，只要一個長鏡頭就可以解決了。同樣的，有時候在文學作品中只有一小段的敘述，卻給了編導極大的想像空間，可以從這樣短短的描述中，重新編寫幾場戲。這正是文學改編成電影劇本最有趣的地方，也可以說是寫劇本最有挑戰性的地方：編劇依賴原著，但是又要超越它。

◆

想更深入研究「文學改編電影」這門學問，可以用另一個方式來探索——這也是我給學生出的作業。我會要求學生去研究同一個導演選擇的不同文學作品，例如中島哲也不只改編《令人討厭的松子的一生》，也改編過《告白》和《下妻物語》，它們之間有什麼關聯性？或是倒過來，同一個作家的不同作品，交給了不同的導演拍攝之後有什麼差別？黃春明便是很好的例子。在這種深度的研究和討論中，我們學到的不只是改編的技巧而已，而是對於電影和文學的本質有更深一層的認識和體悟，這是一輩子都做不完的功課。

編劇並不難，因為你從很小就會自己編、自己演那些不知道從哪裡來的故事，所以你本來就會編劇的。不妨找一本小說來進行改編，不管怎樣，你至少已經看完了一本小說了，你已經有多久沒有好好地看完一本小說了呢？

# 後記 編劇是可以教的嗎？

我終於在病毒肆虐期間，在健康中心排隊等待買口罩時，完成這本書最後修正工作。我很享受這樣工作即生活的日子，時時刻刻都可以是創作，甚至編劇，我認為這是人類與生俱來的創造本能。這也是我創作這本書的目的。

整整花了四年，連續開了兩次編劇實作課程，才能完成這創作生涯中第一本「編劇工具書」。寫作過程中，我不斷增加例子，心裡極度不安，因為這是我從自學、摸索、思考和實際創作了四十年，才敢出手的書。和過去一年可以出版六本小說或是散文的速度相比，我用了二十四倍的時間。不過，也因為這樣，我有好長一段時間一個人在工作室靜靜地看電影，有時候看兩遍，順便做點筆記，有時在光影中睡著了，覺得非常幸福。說也奇怪，離開電影公司之後，用這樣自在的方式接近電影，好像更了解電影了。

編劇是可以教的嗎？小說家和文學評論家是不同的專業，同樣的，電影編劇、導演和專業影評人或是授課教授的思考模式也完全不同。曾經寫過無數電影劇本和舞臺劇劇本的吳念真最常說的一句話：「我才不相信編劇是可以教的。」他這句話真正的意思應該是：「如果只是學會那些皮毛、表面的技巧，其實你還是不會編劇。」許多年前，他和我一起帶編劇工作坊，我們都會要求學生直接動手寫，然後再個別討論，這是我們比較喜歡的方式。通常我都會一直問學生：「為什麼這樣？為什麼那樣？」在這樣的互動逼問中，其實充滿了科學的理性，這樣的互動也給我一些教學上的靈感，開始蘊釀一種比較接近科學的理性教法。

編劇是可以教的嗎？我曾經也強烈懷疑。我讀過一些由國外翻譯的編劇書，越看越覺得編劇好難。我曾經有過八年極特殊的電影實作經驗：從電影企劃構想到實際編劇，從執行製作到後期製作，最後，連行銷策略和院線發行都是我們這一小組人在操作。我的筆記本寫滿了每一部電影每天的票房數字。所以當我和入門的學生們溝通編劇這件事時，希望他們思考所有「可能性」，包括假設最後作品會正式放映，哪怕只是一部短片甚至微電影。

我不希望編劇工作只是閉門造車，抱怨別人看不懂自己的作品。也因為這種不斷溝通的過程，我漸漸發展出一套能夠協助編劇們思考的科學方法，也發現學生們聽得懂、也能領悟。這些方法我也曾經試用在臺北藝術大學的課程和臺灣大學、東華大學的工作坊。不少同學後來都完成了自己的作品。最近一次編劇工作坊是原住民編劇培訓班，他們大多數已經完成分場大綱了，當我講解了六個科學方法之後，學員們紛紛表示用這樣的方法，可以重新檢視原有分場大綱的紓漏和不夠周密的部分。

就像一部電影結束後音樂響起，字幕緩緩出現要感謝的人一樣。這本書得以完成，要感謝的人實在太多，包括在我這本書中提及的那些好朋友、好編導、好電影，有你們的陪伴，才能有這本書的內容，你們更豐富了我原本沒有什麼期待的人生。還有印在書後面，協助這本書完成的好夥伴們，因為你們的熱情、認真、專業，為我打造了這本美麗又精緻的書。我知道你們和我一樣，非常在乎這本我重新用手寫在稿紙上的書，因為我想一個字、一個字的寫，讓稿紙留下深深的印記。

編劇是可以教的嗎？其實我已經告訴你了，你本來就會編劇，這本書只是在幫助你發現這個事實而已。但是要記得，當你開始創作時，就把這本書中所說的一切規則拋開，成為一個海闊天空無拘無束的劇作家。

——小野，寫於 2020 年春

# 附錄・小野編劇及聯合編劇作品

男孩與女孩的戰爭

**導演**・賴成英 **原著**・小野 **發行**・1977

寧靜海

**導演**・林福地 **發行**・1978

成功嶺上（金馬獎最佳改編劇本入圍）

**導演**・張佩成 **原著**・小野 **發行**・1979

望子成龍

**導演**・蔡揚名 **發行**・1980

帶槍過境

**導演**・杜伯航 **發行**・1980

辛亥雙十（金馬獎最佳影片）

**導演**・丁善璽 **合編**・丁善璽 **發行**・1981

天降神兵

**導演**・張曾澤 **發行**・1981

老師斯卡也答

**導演**・宋存壽 **合編**・吳念真 **發行**・1982

動員令

**導演**・金鰲勳 **合編**・吳念真 **發行**・1982

超級勇士

**導演**・趙寶鰲 **合編**・吳念真 **發行**・1982

血戰大二膽

**導演**・張佩成 **合編**・王小棣 **發行**・1982

我們都是這樣長大的（金馬獎最佳原著劇本）

**導演**·柯一正　**發行**·1986

白色酢醬草（金馬獎最佳改編劇本入圍）

**導演**·邱銘誠　**原著**·荊棘　**發行**·1987

那一年我們去看雪

**導演**·李祐寧　**發行**·1987

海水正藍

**導演**·廖慶松　**原著**·張曼娟　**發行**·1988

情與法

**導演**·金瑪　**發行**·1988

國中女生

**導演**·陳國富　**發行**·1989

刀瘟（金馬獎最佳改編劇本）

**導演**·葉鴻偉　**原著**·羊恕　**發行**·1989

我的兒子是天才

**導演**·楊立國　**發行**·1990

娃娃

**導演**·柯一正　**合編**·李永豐　**發行**·1994

禪說阿寬（金馬獎最佳動畫）

**導演**·游景源　**原著**·蔡志忠　**發行**·1994

四年二班

**導演**·李力安　**合編**·吳念真、吳祥輝
**發行**·1983

竹劍少年

**導演**·張毅　**合編**·張毅　**發行**·1983

又見阿Q

**導演**·傅季中　**合編**·吳念真、吳祥輝
**發行**·1983

天下第一

**導演**·胡金銓　**合編**·吳念真、胡金銓
**發行**·1983

策馬入林

**導演**·王童　**原著**·陳雨航
**合編**·蔡明亮　**發行**·1984

高粱地裡大麥熟

**導演**·楊立國　**原著**·子于　**發行**·1984

我愛瑪麗

**導演**·柯一正　**原著**·黃春明　**發行**·1984

生命快車

**導演**·楊立國　**發行**·1985

恐怖分子（亞太影展最佳編劇獎、金馬獎最佳影片）

**導演**·楊德昌　**合編**·楊德昌　**發行**·1986

# 索引・電影速查表（按中文片名筆畫順序排列）

一畫



二畫



三畫



四畫

七畫



五畫



六畫

十一畫



十二畫



八畫



九畫



十畫

# 編劇魂

說故事是本能，寫劇本沒有教條，用文學素養和科學思維孕育你的傑作


作　　者　小　野

總 編 輯　王秀婷
責任編輯　李　華
版　　權　張成慧
行銷業務　徐昉驊

發 行 人　凃玉雲
出　　版　積木文化
104台北市民生東路二段141號5樓
電話：(02)2500-7696｜傳真：(02)2500-1953
官方部落格：www.cubepress.com.tw
讀者服務信箱：service_cube@hmg.com.tw
發　　行　英屬蓋曼群島商家庭傳媒股份有限公司城邦分公司
台北市民生東路二段141號2樓
讀者服務專線：(02)25007718-9｜24小時傳真專線：(02)25001990-1
服務時間：週一至週五09:30-12:00、13:30-17:00
郵撥：19863813｜戶名：書虫股份有限公司
網站：城邦讀書花園｜網址：www.cite.com.tw
香港發行所　城邦（香港）出版集團有限公司
香港灣仔駱克道193號東超商業中心1樓
電話：+852-25086231｜傳真：+852-25789337
電子信箱：hkcite@biznetvigator.com
馬新發行所　城邦（馬新）出版集團 Cite（M） Sdn Bhd
41, Jalan Radin Anum, Bandar Baru Sri Petaling, 57000 Kuala Lumpur, Malaysia.
電話：(603)90578822｜傳真：(603)90576622
電子信箱：cite@cite.com.my

封面、版型設計　廖韡設計工作室
製版印刷　上晴彩色印刷製版有限公司

城邦讀書花園
www.cite.com.tw

2020年 6月30 日　初版一刷
售　價／NT$ 360
ISBN　978-986-459-234-0





國家圖書館出版品預行編目資料

編劇魂：說故事是本能,寫劇本沒有教條,用文學素養和科學思維孕育你的傑作 / 小野作. -- 初版. -- 臺北市：積木文化出版：家庭傳媒城邦分公司發行, 2020.06
　面；　公分
ISBN 978-986-459-234-0(平裝)

1.電影劇本 2.寫作法 3.影評

812.31　　109006956